U0928976

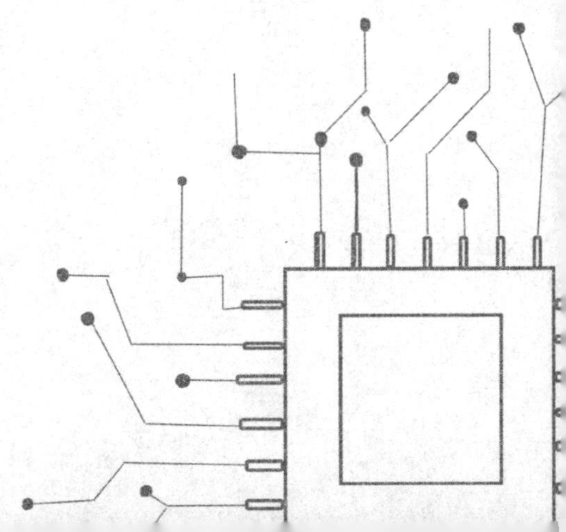

王艺博◎著

中国大百科全书出版社
知识出版社

图书在版编目（CIP）数据

果核 / 王艺博著. -- 北京 : 知识出版社, 2020.7
（致青春·中国青少年成长书系）
ISBN 978-7-5215-0200-8

Ⅰ. ①果… Ⅱ. ①王… Ⅲ. ①幻想小说-中国-当代
Ⅳ. ①I247.5

中国版本图书馆CIP数据核字(2020)第122498号

果核 **王艺博 著**

出版人 姜钦云
责任编辑 任 君
装帧设计 张 婷
出版发行 知识出版社
地 址 北京市西城区阜成门北大街17号
邮 编 100037
电 话 010-88390659
印 刷 三河市人民印务有限公司
开 本 660mm×930mm 1/16
印 张 12.5
字 数 100千字
版 次 2020年7月第1版
印 次 2025年1月第3次印刷
书 号 ISBN 978-7-5215-0200-8
定 价 42.00元

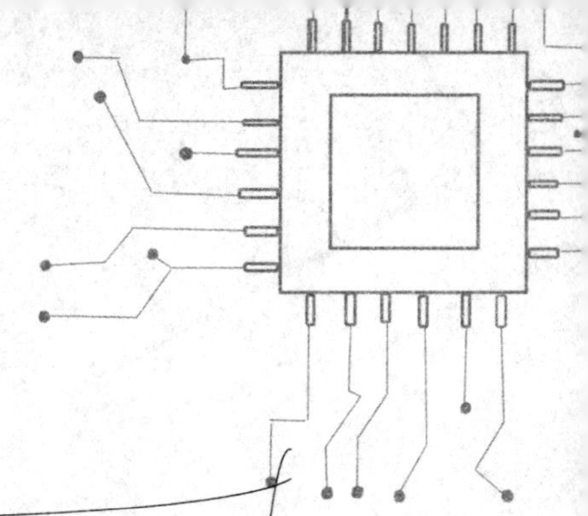

果核

目录

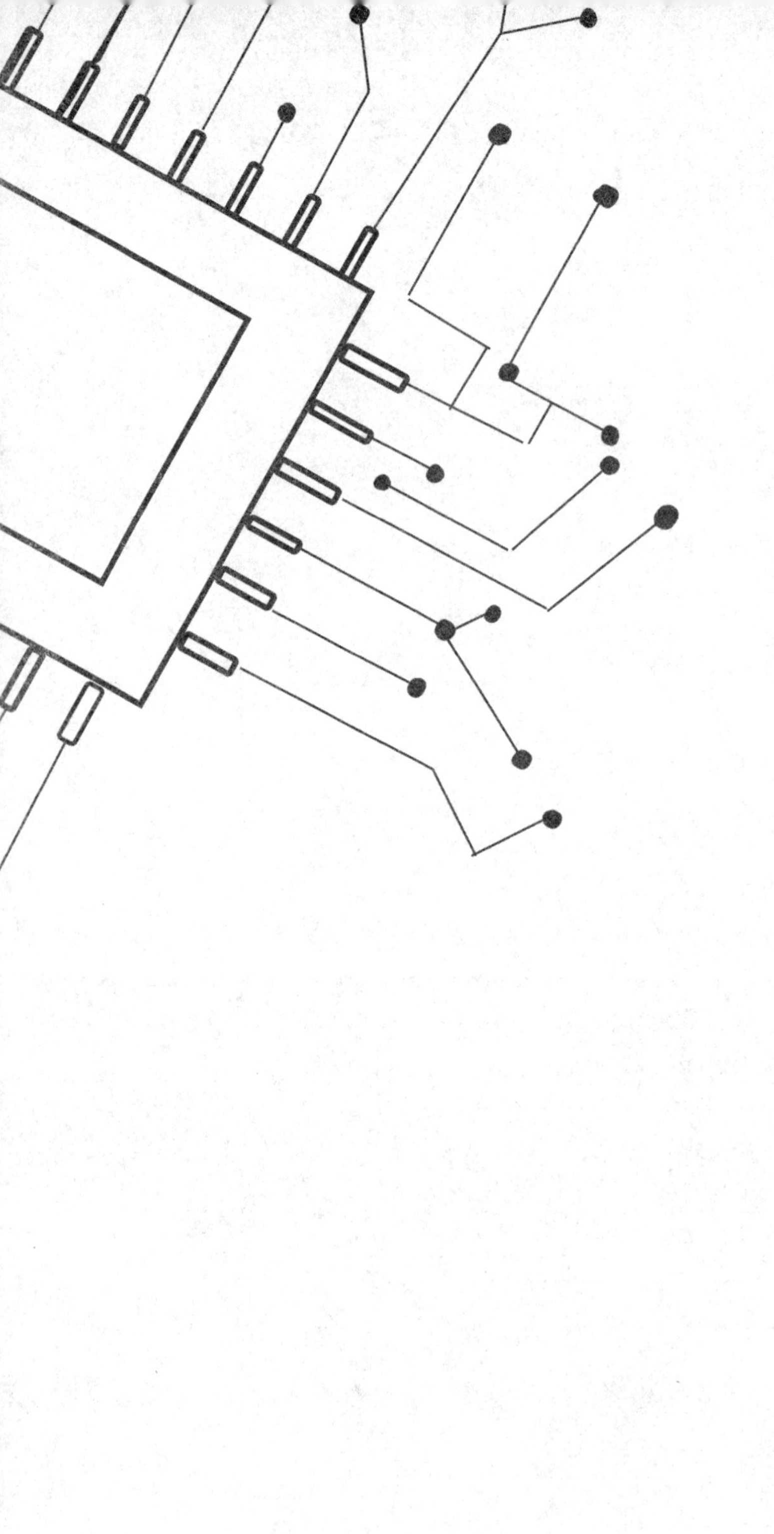

第一章　突如其来的袭击

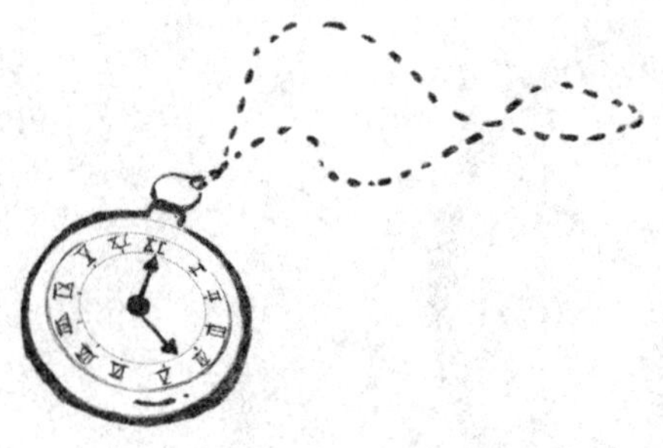

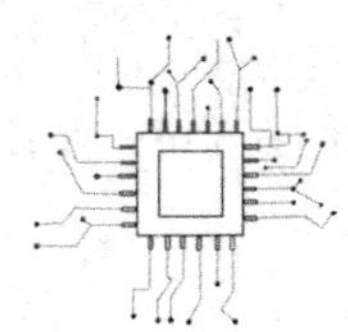

他坐在办公室内，双手合十，眼神显得格外空洞。身前的设备在不停地编辑着什么，窗外，树枝随风轻轻摇摆，树上的累累果核如同许多个小世界一样，吸收养分，膨胀，然后毁灭。忽然，他的眼神亮了起来。他看向门的方向，正有人准备进来。

门被打开了，一个人走进来，手向前一挥，将一份资料上传到他身前的设备上，设备停止了编辑，他伸了个懒腰，向那人看去。

“B-6542 号世界快成熟了，主任。”进来的人嘴唇紧闭着，面前的空气产生了微小的震颤，将他的语言传导到主任的耳朵里。

“这次怎么样？”被称作“主任”的人问道，两人似乎都对这种交流方式习以为常。

“有些数据与常规数据不一样，所以我带过来给您看一下。E值太高了，上升到了0.76，这意味着他的世界可能直接破壳而出。”

主任眯起眼睛，打开那份资料，微微皱眉。

“我知道了。其他的世界出现过类似情况吗？”他问道。

“目前没有发现，这是第一个。”进来的人回答。主任点点头，他来回看着那份资料，两人都沉默了好一会儿。

“这个人的思维很缜密，密切注意他的世界发展，你把B区其他世界的数据也给我看看，另外，给我整理出一份B-6542的影响范围和影响值的资料。”主任抬头，对面前的人说道。

那人低着头没有回应，眼神飘忽，似乎有什么话想说。

“有什么问题吗？”主任问。

那人咬了咬嘴唇，回应道：“请问，我能知道一下距离‘黄昏’还有多久吗？”

主任猛地起身盯着面前那人，眼神严厉得可怕，身前的空气振幅比平时对话的振幅明显要激烈得多。

“沈，我警告你不要再问这个问题。”他近乎吼出声。

沈连忙低下头，身前的空气振幅也小了下去。“好，我知道了。”

主任坐了回去，摆了摆手，对沈回应道：“你回去吧，有事情我再叫你。”他像不放心似的再三叮嘱，“记住，不要对任何人提到‘黄昏’的事情，要是让其他人知道，后果不堪设想。”

等沈出去后，主任深吸一口气，滑动椅子到窗边，有些迷茫地向外看去。窗外那棵树被纯白色的光板罩住，若隐若现的黄色液体正源源不断地从树根传导到树枝，再流淌到每颗果核内部。那些果核晶莹剔透，像蒙着一层薄雾。

“时间也快到了……”他喃喃道。每当他自言自语的时候，他既不在意别人听不听得清，也不在意这样是否礼貌。他看了好一会儿，像是下定决心似的将右手握成拳头，然后拨通了一个号码。

⧖

“来，我们看这个天体，它的名字叫开普勒 452b，M 国国家航空航天局于 2015 年 7 月 24 日发现这个星球，它的直径是地球的1.6倍，ESI为0.83，这也是目前我们发现的离地球最近的，也最像地球的宜居行星。”下午两点，林思佑站在演讲台上，用激光笔指着投影仪屏幕上的那颗蔚蓝的星球这样说道。今天他应约来到一所高中演讲。

“所以我到底为什么要答应来这里演讲？”林思佑脑海里回荡着这个问题。

他前一天研究课题整整忙了一个晚上，等到他终于歇下来的时候，亲爱的助理轻声提醒他：“我们要去演讲了。”他瞪着布满血丝的眼睛看着助理，似乎在说，你再跟我说一遍？

现在他唯一想做的，就是离开这里回家好好睡一觉。

他将激光笔收起来，撑着演讲桌，整理了一下思绪，继续说道：“好，我们为什么要关注这颗星球？我想大家也都快成年了吧，不知道你们有没有想过我们地球的未来是什么样的？”

他停顿了一下，走出演讲桌，对讲台下的学生说道：“人类已经在地球上生活了几百万年，工业革命之后开始大规模使用化石能源也已经有了几百年，这是个什么概念？打个比方，我们就像是一个小孩，有一天偶然发现了一个糖罐子。这个糖罐子里面的糖很多，小孩开心地想，这么多糖，我可以肆无忌惮地吃很久！于是，他满心欢喜地、毫无节制地吃着这些糖果。直到他把糖快吃空了，才突然意识到这些糖吃完了，就真的吃完了。”

林思佑看着学生们，继续说道，“这就是我们现在的问题。我们一直在对这个星球索取，不断地开发出新的能源去试图告诉自己这是大自然对我们的馈赠，也尝试使用可再生能源以满足越来越大的能源需求。可是这依然改变不了有一天能源将耗尽的结果，怎么办？转移。这就是我们为什么要去关注‘第二地球’的原因。”

就在这时，台下一只手高高地举了起来。林思佑定睛看去，那个人染着黄色的头发，在一片整整齐齐的黑色平头里显得格外扎眼。

他有些惊讶，已经很久没有人在他演讲的时候举过手了。他真的是认真听课想提问吗……看着黄毛有些玩味的眼神，他对自己的判断产生了质疑。

林思佑示意黄毛说话。黄毛坐在椅子上，身体向前屈着，发问道：“教授，咱地球的能源啥时候能耗尽？”林思佑沉吟了一下，回道：“这个要看情况，大概两百年到三百年左右可能会到一个空档期。”“那咱咋逃出地球？坐火箭啥的？”黄毛双手抱在胸前，向后靠在了椅子背上，林思佑几乎可以确定他还跷着二郎腿。

林思佑回答：“对，火箭就是一个很好的工具。好，我们看回来……”“那咱咋造出这些火箭？”黄毛就像一个求知欲旺盛的孩子一样，积极发问，颇有打破砂锅问到底的架势。可他的眼神暴露了很多其他的东西。

林思佑深吸口气，说：“我们现在要探讨的不是这个问题，如果你有疑问可以在演讲结束后来找我，我们再慢慢讨论，行吗？”黄毛嘿嘿一笑，双手撑着头向后靠在椅子背上。林思佑忍住一个哈欠，整理了一下思绪，继续他的演讲。

……

⧗

“好，那我就讲到这里，一会儿还有个会议要开，我就不设答疑环节，有什么想问的可以再联系我，我们可以深入探讨一下这门学科的发展前景。谢谢。”林思佑在一片掌声中走下了演讲台，他无意间扫了一眼之前黄毛待的位置，那里只剩下一把椅子。

林思佑走下了楼，他的司机已经启动发动机等在小礼堂的地下停车场，他打开车门坐进了车后排，对司机说："回家。刚刚有个学生老问我问题，累死我了，你知道我昨天一晚上没睡觉，我是真的不想过来演讲。"

汽车开动，"咔嗒"一声，车门锁上了。只听驾驶座传来声音："你确定他是个学生？"语气耐人寻味。林思佑察觉司机的声音有些奇怪，睁开了本来已经闭上的眼睛，"司机"那头黄色的头发显得格外眼熟。

林思佑的身体僵在了座位上，厉声问道："你是谁？我司机呢？"

"哎，你先别急嘛。听，你说话的声音都在抖了。"黄毛嘴角带着一丝笑意，"放心，你先别紧张，我这是为国家工作，我是带证上岗的。"黄毛一只手转着方向盘，另一只手从上衣口袋里拿出一个证件，举起来展示给后座的人看。

林思佑看一眼就能确认，那上面的戳印有着不容置疑的权威。"我隶属于B国国家安全监管中心，你放心，你的司机现在很安全，他现在正被我另一个队友拉着唠家常，现在应该在麦当劳吃得很开心。他的手机被我调包了，所以你之前给他发的让他来接你的消息，都是我帮他回的。”

林思佑抬头看着这个黄毛，下意识地握紧了裤子口袋里的手机，问：“你找我干什么？”

“也没什么，哎，都说了你别紧张。另外，告知你一下，我安了个信号屏蔽器，你电话估计打不出去的。”

车停了下来，前面是红灯。

黄毛转过头说道：“其实，我也不知道具体是啥事，反正我只负责把你带过去。”

林思佑把手机拿出来，看了眼信号栏：无服务。

林思佑还准备说些什么，黄毛突然脸色一变，喊了声：“趴下！”同时利落地从安全带里脱了出来，翻身将林思佑按倒在座位上。说时迟那时快，就在林思佑被按倒的那一刹那，“啪”的一声，几颗子弹飞进来，穿透了车的挡风玻璃。

黄毛骂了句脏话，迅速坐回到驾驶位上，也不管前面是红灯还是绿灯，一踩油门就冲了出去，左手按上耳麦：“03 号遭到袭击，需要支援！重复一遍，03 号遭到袭击，需要支援！”林思佑趴在座位上不敢动弹。车冲上了高架，林思佑认出来这个方向是通向郊区高速的。

又有几颗子弹从后面打了进来，一颗从林思佑头顶飞过，让他打了个寒战。

黄毛大喊：“你他妈是惹了什么人？这么凶？持枪违法他们不知道？”

林思佑喊道：“这不是冲着你来的吗？”他感觉自己体内有股暖流让他想大吼出声。黄毛没回话，咬着牙疯狂转动方向盘，一个漂亮的漂移绕过前方的车辆。

又一颗子弹射了进来，彻底打碎了车前的玻璃。黄毛向后视镜看过去，一辆黑色的车紧追不舍，本该有车牌号的位置却空空如也。黄毛咬着牙低声道：“遮挡车牌扣十二分。”

林思佑的耳边响起了“嗡嗡”声，他紧紧抓着座位来让自己有点安全感。这种情景使他想起了五年前，几个人把他们堵在巷子里，那时候他也是这样，脑海一片空白。

他不明白自己究竟是怎么被搅进了这些莫名其妙的事情里，明明什么都不知道却被绑架被追杀。原本他应该在回家的路上，到家之后好好洗个澡，好好睡一觉，睡醒之后继续研究自己的课题，研究完成后还可以发表一篇论文，说不定还可以让他的团队获得埃格·威尔逊奖。生活原本该是井然有序的，结果黄毛的出现完全打乱了他的计划，也打乱了他的生活。

就在这时，林思佑听到车外响起了警笛声，几辆警车迅速把他们包围起来。这时，后面那辆黑色的车子减速，试图掉头，却发现后路被警车堵死了。

黄毛松了口气，踩下刹车，然后瘫在了椅子上。

警车里的人纷纷下车，举着枪对准那辆黑色的车子，车上的四个人举起手不再抵抗。

其中一个警官来到了林思佑的车前，打开了后座车门，将手伸向林思佑："对不起，教授，让你受惊了。"林思佑伸手握住警官的手，警官扶着他下了车。这时，黄毛也打开车门，一只手捂着自己的腹部，一只手扶着车，越过挡在自己面前的防爆盾冲着那四个人大喊："来啊，打我啊！怎么厌了？"林思佑这才发现黄毛的腹部有好大一摊血迹。黄毛身子晃了晃，对警官说："你先救我。"

"砰！砰！砰！砰！"

"谁开的枪？"警官对着队员大声吼道，放开林思佑冲了过去。那四个人已经倒在血泊中。

"报告，他们是自杀的。"

第二章 地图上找不到的地方

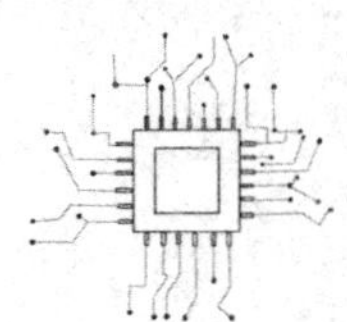

黄毛被抬着送往医院，林思佑坐在警官的车上，身上披了个红毯子，两人都沉默着，只有警笛声缭绕在两人耳边。

林思佑率先打破僵局，问道：“我们这是要去哪儿？”

“国家安全监管中心分部。我们现在的任务是把你安全送到那儿。”

“不是，你们究竟要我干什么？”林思佑有些气恼，他感觉自己的狂躁症有发作的迹象，“为什么莫名其妙地把我绑到车上？你们这和绑架有什么区别！我还什么信息都不知道。我连知情权都没有？你们凭什么这么干？你们有什么权力这么做？我现在就可以下车，我有权选择不去！”

警官一声不吭地听他说完，平静地回答道：“很抱歉让你经历这种事情。但是，为了我们的国家，还希望你体谅一下。”

“体谅？你告诉我，我该怎么体谅？你不能跟我说说到底发生了什么吗？这么大的事情我怎么可能当做没发生。”林思佑有些抓狂。

“我也不知道是什么事情,我们只知道到底要抓……请谁过去。等到了那里我相信会有人来告诉你究竟为什么要请你过去。你最好先休息一下。这次的等级很高，是第一次达到 3S 级，希望你能够谅解。”一成不变的语调让林思佑有一种力气全部打在了棉花上的感觉。他深吸了一口气，强压下自己的怒火，紧了紧身上的红毯，转头看向窗外。

袭警犯法……他这么想着。

之后的一段路，两人都没有说话，林思佑留意了一下这辆车的行驶路径。最后，车开进了一座山，林思佑注意到这座山就在自己的家附近，他散步的时候经常喜欢到这座山上走走，有时候他晚上会坐在山顶的草坪上朝天空看去，回忆着自己当年转去天文学系的理由——尽管这始终是一个不能跟他提起的禁区。

这座山上有一块地方被铁丝网拦着，并且有一群警卫 24 小时站岗。从铁丝网看进去只能看到一片茂密的森林，林思佑散步的时候常常会路过这里，也曾想过这里为什么会被拦着。之前有一次他突发奇想，试图用谷歌地图定位这里的情况。

在地图上，他找到这座山，找到这一排铁丝网，发现里面确实只是一片树林。这座山三分之二的区域都被这一大片铁丝网覆盖着，根据这些线索他得出一个结论：这是一个自然生态保护区。

谁信谁脑子有问题。当车在铁丝网前停下后，林思佑想。他为自己之前得出的结论感到可笑。

⧖

警官开到大门前，出示了一个证件，林思佑注意到与黄毛出示给他的证件一样。警卫拿着证件对比了一会儿，转身开启了大门。警官继续开着车前行了一段，对林思佑说：“我们到了，你的目的地就在前面。”林思佑朝前看去，那是一座巨型的建筑。他有些惊讶这一块居然没有被谷歌地图收录进去，不过想到这是国家机密，原因就不言而喻了。

“这里是国家安全监管中心c市分部，一会儿会有人领你进去熟悉环境，然后带你到你的房间。”

林思佑有些冷漠地回道：“也就是说我以后就必须住在这儿不能回去了，是吧？”

“很抱歉，知道这个地方的人，一般都回不去了。”警官的声音还是一成不变的沉稳与耐心。

林思佑“喊”了一声：“那你还真是幸运。”这时，他听到他旁边的窗户被敲响了，转头看去，一个面容清秀的姑娘站在外面，带着职业性的微笑看着他。警官把车门锁打开，姑娘拉开车门，对林思佑说：“你好，欢迎来到国家安全监管中心，我是林绾如。”她向林思佑伸出了手。林思佑站到车外，并没有理会那只手。“你们还挺下功夫的啊。”

林绾如笑着回答：“其实我们完全没必要去专门选择你，因为无论是什么情况我们这边都有许多人才可供选择。但你如果不加入进来的话，可能会有危险，我们希望能确保我国的每个公民都能在一个相对安全的环境下生活，希望你不要忘了刚刚发生了什么。”林思佑沉默了，林绾如做了一个“请”的手势。

“我们这边的各个设施配备齐全，娱乐与工作都不耽搁。你没办法与外界取得联络，这边的电脑与手机只能连接我们内部的网络，希望能体谅一下。房间我给你安排在 4602 号，四楼，电梯在这边。有什么问题你随时可以打电话问我，我的电话号码已经帮你保存在这个手机里了，还有你的权限卡，你想上下楼梯或者去这层楼的一些地方都需要使用到这张卡，请你收好。”林缩如带着林思佑走进这栋建筑，里面的人来往都很匆忙，有的人在走路的时候还一边看手上的文件，一边打电话。

林思佑顿了顿，从她手上拿过权限卡与手机，问道：“你们叫我来，到底是要我干什么？能不能赶紧进入正题？”

“这件事情事关重大，短时间内我们没有办法跟你解释清楚，我们了解到你昨天一晚上没睡觉，所以建议你现在先去休息，明天早上七点我会到你的房间去找你，届时再跟你解释，你看行吗？”

林思佑这才意识到自己有多疲惫，他的神经一直处于紧绷的状态，现在缓下来的同时再经过林缩如的提醒，他感到就这样站着自己可能都能睡着，心脏也在报复似的隐隐作痛。

他点了点头，林绾如帮他按了电梯，对他说："那我就先陪你到这里了，4602出电梯后左转，祝你做个好梦。"说完，林绾如向建筑深处走去，拐过一个转角消失了。

⌛

林思佑根据指引来到自己的房间里，趴在床上，身体蜷成了一团。房间里很安静，他感觉眼睛微微有些湿润。他闭上眼，缩进被子里，很快进入了梦乡。

梦里，他被泡在了一个容器里，周围什么人都没有，不论他怎么敲击这个容器，都没有任何回应。

第二天，他被一阵有规律的敲门声吵醒。他揉了揉眼睛，发现自己在一个完全陌生的地方，身前不是熟悉的办公台和电脑，只是一面普普通通的墙。他坐在床上愣了一会儿，这才想起来现在不是在自己家里。

敲门声继续响着，他盯着门，好一段时间没动，好像只要他不开门，就不会触发下一段剧情了。

他搓了搓自己的脸，走下床，穿上鞋子，手握门把手，打开门。林绾如站在门外。她依然带着职业性的微笑，问道："教授，昨晚睡得好吗？"林思佑撇了撇嘴，问："什么事？"林绾如摊开手掌，指着电梯的方向说道："来，这边请，我带你去见陈教授，他会解答你的疑问。"林思佑说道："你们还真是会卖关子啊。"他丝毫不掩饰自己的敌意。林绾如只是轻轻笑着，没有答话，转身往电梯走去。

林思佑跟着林绾如来到二楼，穿过走廊，林绾如打开一扇门走了进去。

林思佑跟了过去，一股熟悉的气息迎面而来：办公桌、电脑、人。人们要么紧盯着电脑，生怕数据出一丝差错；要么在办公桌间穿梭着，手上拿着文件或端着咖啡杯。林绾如带着他穿过这个地方，那些人时不时会奇怪地朝他看一眼，好像这里很难见到一个新人一样。

里面还有一个隔间，林绾如走到隔间前敲了敲门。听到里面的一声"请进"后，她将门打开，对里面的人说："陈教授，我把他带过来了。"

林思佑向里面看去，天花板上装着一个投影仪，投影仪下面是一张长条形的实木办公桌，桌子上摆放着电脑、一打资料、电热水壶、水杯和一个相框。办公桌的两边各摆着一把办公椅，桌后的椅子上坐着一个人。

林思佑看过去，椅子上的人让他感到难以置信："陈铭？"

陈铭笑呵呵地站起来，走出办公桌，对着林思佑伸出手，说道："林思佑，好久不见，你瘦了。"

陈铭与林思佑是大学同学，关系也十分要好。大学四年结束后，两人各奔东西，本来约好每年起码见一次面，每次都因为各种各样的事情导致难以见面，久而久之，两人的关系也就慢慢变淡了。

他们的手紧紧地握在了一起，手心传来的温暖让林思佑的心稍微安定了几分，他的眉头却锁得更紧了。

他将手松开，问道："到底是什么事情？你把我稀里糊涂地叫到这儿来，我还被追杀被强行绑架到这里，给我个交代？你知道我很讨厌一件事情没头绪的感觉。"

陈铭摇了摇头，说："你这性格要能收敛点，肯定能走得更远。"他走回桌子那头坐下，示意林思佑坐在自己对面，他抬头对着林绾如说，"好了，谢谢你把他带过来，你先去忙吧，我有事再叫你。"

林绾如走出去顺手关好了门。陈铭收起了笑容，对林思佑说："既然你能来到这里，那么也就意味着我不会对你有所隐瞒。首先第一点，关于追杀你的那几个人的身份我们去调查了，结果是一无所获。”

“一无所获？”

“对，在国家任何档案里都无法找到哪怕一点点关于这几个人的资料，我们也完全不清楚他们要追杀你的动机，而且，来，这是那段路昨天的监控，我给你看看。”陈铭在键盘上按了几下，投影仪将画面投影到了林思佑身后的墙上，林思佑转身看过去。

“昨天下午两点半的监控记录，我给你快进一下。”画面动了，以四倍的速度播放，直到林思佑乘坐的车进到画面里，陈铭按下暂停键，“这是你的车经过的时候，大概是两点十五，这个时候路边还什么都没有。来，你再看。”接着，陈铭以正常的速度播放，林思佑目不转睛地盯着。突然，画面卡了一下，就跟时间突然停止了一样，接着，路边突然出现了一辆停着的黑色的车！

林思佑感到身后一阵阵发凉，陈铭停住了画面，拿起手边的一支笔转着：“这辆车根本不知道是从哪里来的，就像本来就应该停在这儿一样，周围的车和人也没有任何异常。我们也查看了这段路其他的监控录像，根本就没有找到这辆车。”

林思佑转过身来，问道：“是你们把我往这边请之后才出现了这件事情的？”

“嗯，目前的情况看来是这样的，怎么了？”

“没事，我被人骗了。”他撇了撇嘴，身子向后一倾靠在椅背上，吸了口气，“这件事情既然没有头绪的话，我们可以先讨论另一件事情，为什么要带我来这儿？”

陈铭盯着林思佑，回答道：“在和你说这件事情之前，你得有个心理准备，因为我接下来要说的，是一件正常人根本就没办法想象的事情。”

林思佑说：“您请，我被卖了两天的关子，这个心理准备怎么都有了吧？”

陈铭深吸口气，说道：“我们的时间不多了。”

“啊？”林思佑怀疑自己耳朵接收信息的准确性。

“我们的时间不多了。时间是种资源，而人类目前就是在无节制地消耗这种资源。”陈铭说。

“啥？”林思佑的语气中带着不确定，陈铭的语气就跟说“今天天气不好”一样，让他不是很能确定自己的理解是不是正确的，“不是，什么时间？你说明白点。无节制地消耗时间？时间是种物质？”

陈铭看着他，轻轻点了点头。

第二章 颠覆

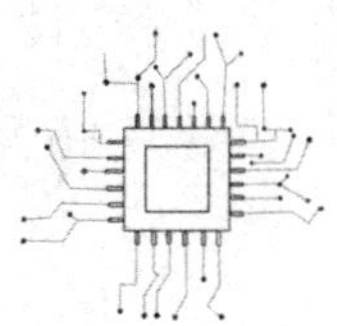

林思佑歪着头看着陈铭，他仍然不太清楚自己究竟理解对了没有。

陈铭说道：“以前你上大学的时候，前两年学的是物理专业，那段时间的基础知识你还有印象吗？”

林思佑深吸口气，说：“我转专业转的也是实用天文学，物理学的基础知识你让我倒着背都行。”

陈铭点点头，说道：“好，那我就直说了。物理学里面有个很经典的定律，叫时间和空间是绝对性和相对性的统一。时空随着物质的形态不同而不同，随着物质运动速度的变化而变化。但是这条定律，在最近一周被推翻了。”

林思佑愣愣地坐在座位上，表情有些呆滞，以他的了解，这条定律的推翻意味着经典物理学体系将会被彻底摧毁，这件事情在物理学上的重要性无异于人类生存的地球要爆炸了一样。空气凝固了两秒，他问道：“等一下，被推翻了是什么意思？你们能总结出时间和空间的相对变化规律了？你们有任何理论与实验支持此结论？或者说你有胆子在没有任何理论的情况下就否认爱因斯坦的相对论？”

陈铭没说话，从手边的一沓资料中抽出了一个文件袋递给林思佑，说道：“你要的理论与实验，都在里面了。你看看吧。”

林思佑缓缓地将那个文件袋拿起来，抽出了里面的文件：

实验编号：st-0047

试验次数：22634

实验等级：极度重要

实验目的：验证时间空间的绝对性与相对性的统一

试验方式：密

试验结果：时间可以脱离空间独自存在，且在被不断地消耗。

林思佑看完第一页，抬头说道：“试验方式都不说出来，我怎么能确定这是真的？你们所谓的安全监管中心就这么草率？”

陈铭轻轻吸了口气，说道：“不，这只是因为实验等级原因而不能写在纸上，我们已经了解了实验的全过程，你知道尺缩效应吗？”

林思佑点头，没有说话。

陈铭继续说：“根据尺缩效应，我们可以知道空间是相对的，且依赖于观察者所处的参考系。在同一个参考系中，观察处于其中的尺子，其长度不会发生任何改变。但对另一个参考系的观察者而言，其尺子的长度将会沿运动方向收缩。而想要证明时间与空间是非相对应的，我们只需要让两者的长度相等就行了。”

林思佑一愣：“为什么？”

陈铭回答道：“用最新的理论解释，这是因为运动的时间与速度产生的涟漪导致尺子观测上的收缩，时间是一个脱离于三维空间的物质，所以我们很难去给它下一个定义，目前我们认为时间是一种三维空间无法直接观测到的影响三维空间物质的一切行为的物质。”

林思佑问：“你们是怎么做到让其在两个参考系里

的观测结果一样的？”

陈铭看着自己的杯子，细长的茶叶静静地立在水中间。他闭上眼，说道：“靠近黑洞。当距离黑洞很近的时候，它的观测状态会突然变成原状，然后消失。”

“啊？”林思佑有点没反应过来，“意思是说，你们接触到黑洞了？”

陈铭说：“对。黑洞的形成原因你是知道的吧？”

林思佑点点头，说：“当某个恒星即将消亡的时候，在自身重力的作用下它会迅速收缩爆炸，当恒星核心的质量大到使收缩过程无限进行下去以至于连中子间的排斥力也无法阻止的时候，中子会在挤压引力自身的吸引下被碾碎，剩下的东西就是黑洞……你们创造了一颗小行星？”

陈铭笑了，说：“不，没那么夸张，我们之前在与N国合作的一次实验中，使用ILC量子对撞机，将能量从500千兆电子伏特提升至了850千兆电子伏特，接着我们发现了一种全新的粒子——永远相吸，作用范围无限远，以无限多的形态出现，在量子力学中被定义为一个自旋2、质量0的玻色子。”

林思佑反应了一下，从椅子上滑了下去，喉结动了动却发不出任何声音，过了好一会儿，他用有点干涩的声音问道："引力子？"

陈铭点了点头，看到林思佑的反应他有点想笑："现在国家并没有公布这个是因为目前这玩意儿还太危险，而且难以控制，如果公布了这项发现，未来将是无法预测的。不过我们得以确认了引力子的模型，并可以相应地借助一些手段去控制引力子的行动，随后我们团队的一个人就提出了这个疯狂的想法——创造黑洞。"

⌛

林思佑扶着桌子坐回到椅子上。他看着地板，手臂放到桌子上，撑着自己的额头，像接着陈铭的话说下去，也像自言自语道："引力子。如果真的发现了的话，可以操纵它创造一个极强的引力场，如果这个引力场突破了阈值，可以达到碾碎中子的程度的话，那么，就可以创造出黑洞。M－理论中它被定义为自由的闭弦，可以被传播到宇宙膜外的高维空间或者其他宇宙膜……宇宙膜，对，这样同时可以证明宇宙膜学说的合理性，证明四维空间，证明时间，如果……”他突然回过神来，发现陈铭正看着自己。

陈铭看他不说话了，笑着说道：“我开始怀疑你到底是物理系转天文系还是天文系转物理系了。”林思佑也笑了，心脏却有些发紧：“怎么，看我和大学时一样有才是不是羡慕了？”

陈铭想说什么，忍住了。他笑着说：“鬼才会羡慕你。好了，言归正传，叫你来的原因，一是因为你既懂天文学，又懂物理学，我看了你最近的档案，各个条件都表明你就是我要找的那个人。还有一个原因，当然也是我的私心，我们了解彼此，比别的人可以配合得更好。你是最适合完成这项工程的人选，我希望你能够加入我们，我们会成立一个专项小组处理这件事情，届时我会让你来领导他们，你愿意吗？如果不愿意，你签署一份保密协议就可以出去了。但我还是希望，这件事情能由你来完成。”

林思佑低头没有说话，好一会儿才说：“不对，等会儿，你是怎么知道在靠近黑洞的时候物体的观测态会变成原样的？”

陈铭闭了一下眼睛，没有直接回答：“本来这个提案是被否决的，但随后在几个科学家的努力下成功地创造出了一个屏蔽掉所有真空物质的‘真真空’场。之前因为技术原因始终无法屏蔽引力的问题在发现引力子后也解决了，也就是说，这样成功证明了‘真真空’的存在。你也知道黑洞没有吞噬物就没法膨胀，甚至可以自行蒸发殆尽，也就是因为这个屏蔽场的出现，黑洞创造计划被提上了日程。”

林思佑今天快被震撼得麻木了。他问道：“关于真空衰变的问题你们是怎么解决的？”

陈铭说：“科尔曼和德卢西亚提出的假设？在真真空的周围设置一层紧密的引力场，使真空无法向真真空流动就行了。这层引力场会牢牢地将真空吸住。如果要取消真真空场只需要将这层引力场慢慢收缩，当最后只剩下约 0.274 夸克距离的时候再将引力场拉回正常空间就行了。”

陈铭顿了顿，继续说：“黑洞创造得很成功，实验是在一个很大的实验室里完成的，我们在实验室里真真空场的旁边，设置了一些摄像机，尽管引力场会阻挡部分视线，这也确实是我们第一次成功以这么近的距离观察到了黑洞。也是在那之后的两天，两个科学家不顾禁令，跑进了真真空场，当我们发现的时候，他们已经消失了，只留下了一段录像。录像中的两个人手上拿着一个我们目前仍然不知道是什么材质的长条物体，进入黑洞后，他们两个……被黑洞撕裂了，但那个长条物体在高速运动中被拉扯后，在黑洞的边缘突然恢复了原状，最后进入黑洞消失了。”

林思佑陷入了沉默。

陈铭拿起桌子上的茶杯抿了一口，说：“我们现在还不清楚时间还有多久完全消失，但是从最近我们新创建的公式上看，时间不多了。在地球周围的时间从模型上看相对于宇宙的其他地方整整少了三分之二。这个概念你能明白吗？”

林思佑若有所思，问道：“那我们转移到其他星球不就行了？以现在的资源投入大量的人力物力，应该还是很有希望转移到其他星球的吧？”

陈铭苦笑了一下，说：“地球周围的时间，是指整个太阳系。我们现在还不清楚时间与引力子有什么关联，有人提出时间是与引力子有关联的，引力子是时间与这个宇宙关联的媒介，它会将时间逐渐传导到时间稀少的位置来填补空缺，但现在时间转移的速度完全跟不上我们消耗的速度，这也是为什么我们会设立一个3S级别的警报来寻找人才的原因。”

林思佑深吸了口气，让自己冷静下来。他看着桌子上的杯子，茶叶在水中央荡出一层浅浅的波浪，竖着在茶杯的中央上下翻涌。他靠到椅子上，说：“说实话，这和我没什么关系吧，就从你刚刚说的那些来看，我们这一代是肯定有机会安度余生的，不是吗？我这个人也挺怕麻烦的，要是我接下这么大的活没弄好，那到最后我不就得背负千古骂名？不过，到那时候估计也没千古这玩意儿了。不管怎么说，保密协议让我看看吧。”

陈铭沉默了一下，说：“不，我们现在能找到的最好的人选就是你了。你在天文学和物理学这两个领域都有建树，还有，你现在带领着一个团队，领导能力也很强，所以……”

“你给我闭嘴！”林思佑猛地一拍桌子，站起身来，盯着陈铭说道，“我承担不了这么大的风险！朋友，我稀里糊涂被你们拉进这个对我而言几乎是全新的研究领域，你考虑过后果吗？我在外边因为你们险些被枪杀，你知道吗？枪杀！我差点死在路上，你懂吗？我他妈冒着生命危险做着这么一个弄不好全人类都得死的研究，我有病才会答应！你为什么不找那些已经知道这些东西的人？我看你们这里人也不少吧，他们还顶不过我一个？我现在需要的是保密协议。”

“可是，你出去也很危险……”

陈铭还想说什么，被林思佑打断了：“不管危险不危险，我是真不希望自己掌握着事关全人类存亡的秘密，我、我他妈已经失误过一次了，我绝对不会同意参与这件事情。”

“所以你想再逃避一次？”陈铭猛地站起来，反过来盯着林思佑，“你就想这么懦弱下去？你想想，你这样对得起她吗？她的牺牲就换来了你这个样子？你窝不窝囊啊？难道你就想一辈子这么逃避下去吗？难道你就想一辈子活在自责里？”

林思佑沉默了。陈铭缓了缓气，继续说：“我们也都是刚刚接触到这个领域，我们跟你一样，对这一块的概念也是空白的。你能不能先别急着否定自己？算我求你，请正视一次这件事情，好吗？就跟你当时可以拯救她一样，你现在也可以拯救全人类……”

林思佑骂了句脏话，转身打开门走了出去，发现门外的那些人都在看着他，这才意识到自己刚才的发泄可能全被听到了。他目视着前方，走出这里，疯狂地按着电梯按钮。看着数字缓缓地向“2”变动，他一只手砸在墙上，咬着下嘴唇。当他走进电梯按上四楼的时候，才意识到嘴唇被咬破了。

4602。他推开门躺在了床上，缩成一团，抓着枕头，将脸埋了进去。

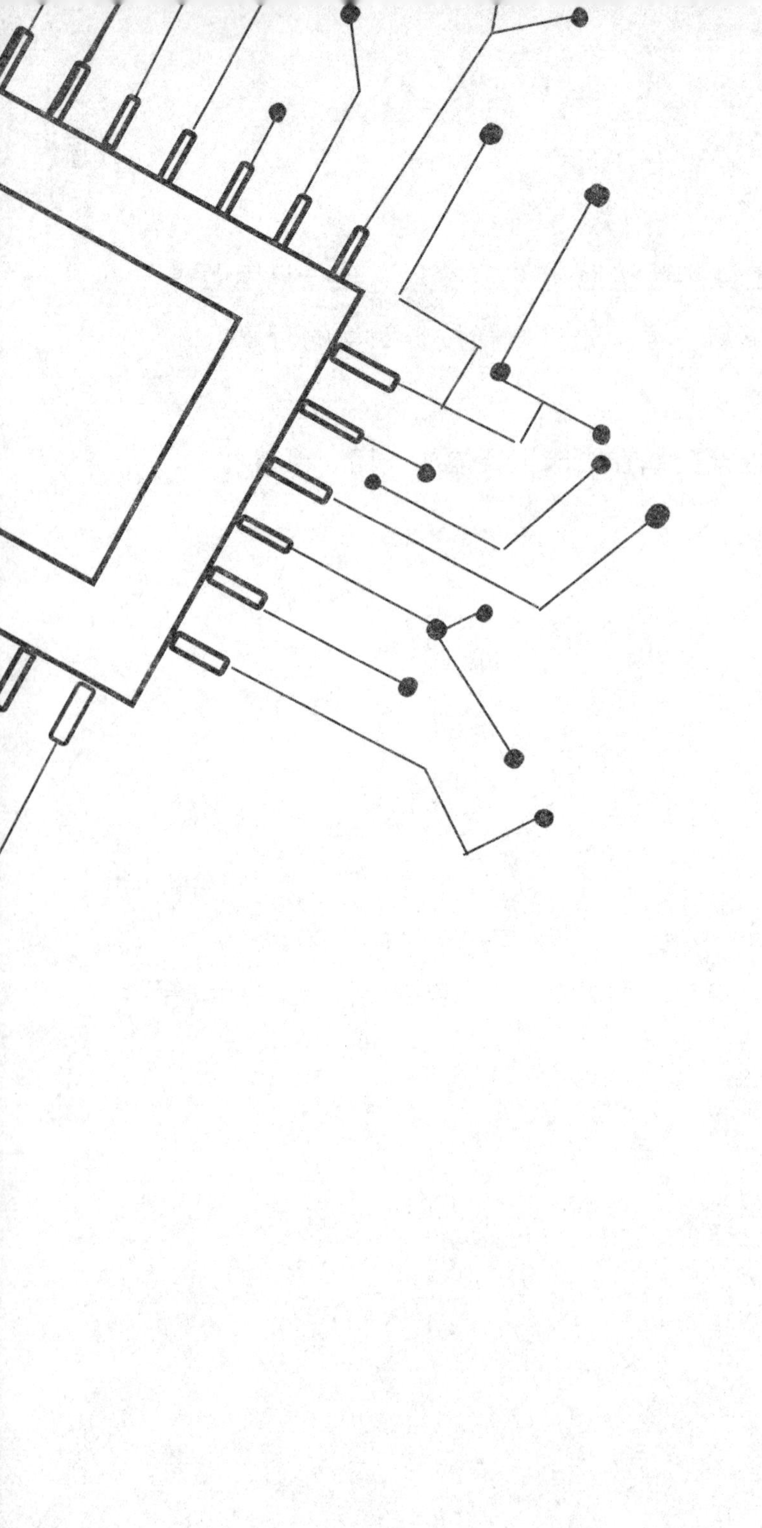

第四章 获得权限卡

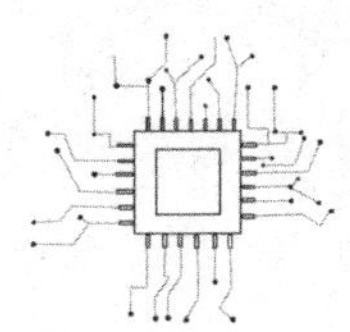

不知道过了多久，林思佑被一阵敲门声吵醒了。愣愣地看着湿润的枕头，他“啧”了一声，撑起身子，用有点沙哑的声音吼了一句：“谁啊？”

“林绾如。”门外悦耳的声音回应道。

林思佑咳嗽了一下，问：“你过来干什么？”

“你不想出来走走吗？”门外问道。

林思佑回答：“不。”

“那也总不能一直窝在宿舍里呀。还有，你不是想签署保密协议嘛，你先出来。”

林思佑吸了口气，起身打开门，问：“协议在哪儿呢？”

林绾如把他拉了出来，嘴角翘起一丝不同以往的微笑：“来来来，我们先去天台散散心，我跟你说，这儿的天台设施可好玩儿了。”

林思佑也不知道为什么，愣愣地由着她拉着自己上了天台。天台很大，上面的人却很少，有几个不知道卖什么的店铺，还有好几张桌子和椅子。他被林绾如摁在了椅子上，看着她走进一个店铺。两分钟后，她带着两杯奶茶出来，将一杯奶茶放到了林思佑的面前。“来，你好久没喝东西了吧。”林绾如坐在了他的对面，托腮看着他说，“这个时间段我们大家基本都在工作，现在在这里的人基本都是出来找灵感的。”

林思佑的嘴角翘起一丝讽刺的微笑，然后拿起奶茶喝了一口，放下说：“是陈铭那小子让你把我带到天台的吧？”

林绾如挑了挑眉，说：“唔，是的。”

林思佑看着那杯奶茶，眼神变得有点柔和了。“这是他上一次成功把我从屋子里带出来散心时干的事，后来还经常得意地跟她提起这件事，没想到那小子还懂得故技重演。”说到这里他感觉自己的心紧得发慌，又抿了口奶茶。

林绾如噘着嘴问：“她是谁啊？”

林思佑看着自己的奶茶发呆，没有回话。

林绾如又说：“我觉得你得说出来。来，跟我说说呗，也许我还能提出一点意见？”

林思佑笑了笑，说：“算了吧，我看过那么多心理医生，也没见谁能把我治好。就这样吧。”

林绾如说：“哎，你看你，有时候专业的还不一定比非专业的好呢，你没听说过乱拳打死老师傅啊？”

林思佑看着自己面前的奶茶，不说话了。林绾如喝着自己手里的奶茶，似乎也不急着说什么。

从远处忽地吹来一阵风，林思佑抬头看着天空，一队大雁从空中掠过，阳光照在他身上，感觉暖洋洋的。他闭上眼睛，说：“你回去跟他说，我可以参与。但我有个要求——帮我全力寻找唐婉，不管找不找得到，活要见人，死要见尸。”

林绾如“扑哧”一声笑了出来，林思佑有些疑惑地睁眼看她，她回答道：“陈老师说他猜到你会这么说，所以他让我给你带一句话，‘你的要求我已经在做了’。记得明天下午两点的时候去 3 楼 A204 会议室集合。”

林思佑一愣，撇了撇嘴：“老陈这个人，心是真的脏。”

他们后来又聊了一会儿。林思佑知道了林绾如加入这里是因为在大学的时候她的管理才能被一个教授发掘，也因为这里薪资比较高，同时她的家庭也有一些难言之隐，所以才选择了加入这个组织，表现还不错。林绾如说："你别看陈老师这个样子，他可是我们'最高委员会十五人组'成员之一，负责决定各个项目的调配与发展方向，以及新发现、新发明的规划与运用。"当林思佑问到陈铭为什么会挑选她来做思想工作的时候，林绾如轻轻摇晃着自己手中的奶茶杯，说可能是因为她是林思佑在来到这里后接触到的唯一一个雌性生物。从林绾如讲话的语气中，林思佑大胆猜测这个姑娘年龄不超过24岁。

后来，林绾如带着林思佑参观了整栋建筑，得知这栋建筑一共有18层，1层是大厅与监控室，2层和3层是会议室与办公室，4到8层都是宿舍，9到17层是实验室与档案室，18层一般员工的权限无法进入，他推测应该是存放一些机密文件的地方。2层和顶层分别有一个天台，今天他们去的就是2层的小天台。

等林思佑回到宿舍，他才发现房子空间挺大的。靠近门的位置有一个卫生间，宿舍正中的头顶是一盏日光灯，灯下面就是一张床，床的对面有一个挂钟，挂钟旁有一张红木做的对着窗户的书桌，书桌上有一台笔记本电脑，后面有一张椅子。窗户旁边有一个玻璃门，顺着门走出去是个阳台，阳台上有洗衣机、冰箱和衣架。屋子里目前有大片空间，应该是让住的人自己发挥用的。

林思佑坐到红木书桌前将电脑打开，里面除了一些文档编辑工具外，还有一个名称为“LAN”的软件。他点开，里面弹出一个窗口，要他输入账号和密码。

盯着那个页面看了一会儿，林思佑将放在兜里的权限卡拿出来，正反面看了看，上面只有一串编号“0001574926”。他本来以为权限卡上可能会标有初始账号和密码，于是耸了耸肩，将电脑合上，躺到床上闭目养神。

房间里很安静，整个世界仿佛都只剩下他一个人。

当他睁开眼时，他却发现自己在一个巨大的玻璃容器里被绿色液体包裹着，浑身动弹不得，他想大叫，嘴巴却不听自己使唤。那种不可以呼吸的窒息感让他想干呕。透过容器的玻璃，他看到两个身穿白大褂、戴着口罩的人冷眼看着他，然后在容器外写着什么，并按下了容器上的一个按钮。

他猛地坐了起来，才发现自己在床上，身上的衣服已经被汗浸透了。

难道是梦？

林思佑撑着额头，抬头看了眼时间，11:34。他长出了口气，起身洗漱。时间还早，他决定去2楼的小天台上转转。

到了天台。上一次只有寥寥几人的天台，这时候却人满为患。他感到有点头疼，把手抱在胸前。他一直不是很喜欢这种熙熙攘攘的感觉，这会让他有些无所适从。

他硬着头皮来到一家餐馆里，好不容易找到了一个位置坐下。这家餐馆里的每张桌子上都有一个用电子屏显示的菜单，林思佑试着点了一下菜单，跳出来一个窗口：请输入您的编号。他长出了一口气，抬手输入了“0001574926”，菜单缓冲了一下，进入点菜界面。他照着菜单随便勾选了一道菜和一碗米饭，点击了“提交”。

林思佑抬头，余光忽地瞄见了一个熟悉的身影。

“陈铭！”

陈铭转头看见了他，笑着坐到了他的对面：“回心转意了？”

“我呸。”林思佑撇了撇嘴，“对了，我有事情问你。关于时间，你们是怎么确定有这个物质的？”

ⴵ

陈铭看着菜单点了两道菜，收起了笑容，抬头说道：“还记得我跟你说过的那个长条物体吗？它可以在靠近黑洞边缘的时候观测态恢复原状，我们当时震惊之余也在着手调查。这个时候，有一个物理学家提出了关于时间的构想，就是这个构想将所有观测结果完美地解释了出来。接着，我们根据这个构想很快完成了关于时间的定义与模型。”

“也就是说你们并没有实质上发现这种物质？”林思佑问道。

陈铭点点头，说：“是的。你知道最近关于癌症的患病率提高的问题吗？”

林思佑说："知道。难道是因为越来越多的事情由机器人代替，人类缺乏劳动又经常面对电脑从而导致患病率不断提高？"

陈铭摇头，说："时间是一个用来维持物体基本态的物质，关于之前地球能保持原状的原因，据猜测是因为另一边的时间足够多，因此物体才能在靠近黑洞的时候观测态变为原状。这个东西应该是从四维空间流出用来维持我们这个世界物体的行动与运转的。"

"因为黑洞会吞噬我们这个世界，所以不能直接从那边运输时间过来？"林思佑说。

陈铭点点头，说："对，这也是现在的一个难题，要想解决时间危机，我们要么需要造一艘可以带上人类及世界上绝大多数物种的以第三宇宙速度航行的飞船，要么创造一个可以让黑洞不再吞噬物体并可以输送时间的环境。"

林思佑夹了根菜，问："长条体能够在黑洞洞口还原观测态，是不是意味着其实那边的时间是可以输送过来的，只是少了点？"

陈铭摇着头："不，现在主流观点认为是因为流往我们这边的时间堵在洞口了，过不来。"

“……啊？”林思佑没有反应过来。

“是因为时间过于紧致导致它无法流过来。时间是一个用来维持物体状态的东西，理论上来说它是只能被消耗被摧毁的。速度是这个体系中用来衡量消耗的标准。速度越快时间就越容易被消耗，也因为那边时间过多，才能导致时间堵塞，而只有当时间消耗的速度慢于时间聚集的速度，才能出现地球恢复原状的状态。”

⧖

林思佑低下头，没有说话。陈铭轻轻吸了口气，双方陷入了一阵短暂的沉默。接着，林思佑问：“所以，那些被摧毁的时间都去了哪儿？”

陈铭看着林思佑说：“不知道，我们怀疑过剩余的时间跌入了四维空间。”

林思佑说：“等一下。你们是没办法通过屏蔽场屏蔽时间的？”

陈铭身子僵了一下，然后说：“对，不过这个问题不大，时间本身质量很小，黑洞不会因此膨胀太多的。”

“不，我不是这个意思。不是，这么说，我们的时间不是还会被黑洞吞噬吗？”林思佑问。

“理论上不会有太大问题，一个时间饱和的空间黑洞能吸收的时间极其有限。”陈铭揉了揉太阳穴，“这是一个崭新的领域，事实上在三个星期前我们还什么都不知道，我们对此真的很陌生。”

林思佑若有所思地点了点头，又问：“黑洞的运转真的不会导致时间流失？”

“至少，目前没发现。”陈铭回答。林思佑看着碗里的米饭，没再说话。

第五章 首次集合

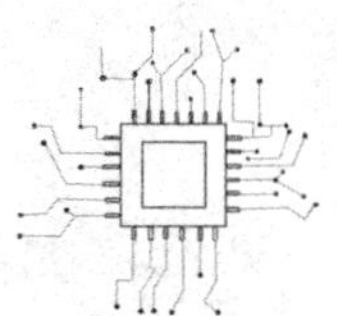

吃完饭，林思佑跟着陈铭来到了A204会议室。会议室里有一张配备了12把椅子的大圆桌，离窗户较远的那边有一个投影仪，他们进去的时候，发现已经有一个白发青年在里面了，正在一台笔记本电脑上写着些什么。

听到开门声，青年抬起头，看到陈铭的时候连忙站了起来："陈老师好！"

陈铭点点头，介绍说："这个是我的学生，研究量子力学的，叫孙鸿风。孙鸿风，这个是我朋友，研究天文学的，叫林思佑。"

孙鸿风笑着先抬起手表示友好，握完手后，孙鸿风转头对陈铭说："陈老师，我们是否可以从黑洞另一头用什么仪器来把时间吸收过来？比如说，之前那两个人使用过的长条体，我们如果能够搞清楚它的构成，那完全可以制造一个仪器从那边把时间吸收过来。"

陈铭笑了笑，说：“可以是可以，但现在有两个难点，一个是我们到现在还没弄清那个长条体是什么，另一个就是我们该如何克服黑洞的吸引力。这个涉及的东西就需要你去解决了。”

孙鸿风点点头，回到座位上，又对着那台笔记本电脑，敲打着键盘不说话了，林思佑和陈铭也找了个位置坐下。

很快，第四个人也走了进来，林思佑看到她后，愣了愣——林绾如？

林绾如注意到了林思佑的目光，与他对视一眼后耸了耸肩，表示“我什么也不知道”，接着坐到了林思佑的旁边。林思佑摸着下巴看了眼时间，2:01。

这时候，一个人慢慢地走了进来，咳嗽了一下说：“不好意思，不好意思，我来晚了。”

陈铭轻轻叹了口气，起身说道：“好，那么现在人都到齐了，大家应该都知道我把大家聚在一起是为了什么吧？我们现在面临的是人类史上最大的一次危机，这次危机关乎全世界的命运，由我国提出建立的‘临时资源绝对共享共同体’正式成立后，要求每个国家分别派遣四名科研人员去A国最新成立的达摩克利斯研究院，专门攻克这个问题。我派你们几个去，是因为你们是我们安全监管中心研究最前沿技术的几个人。”

陈铭依次看了过去，说道：“孙鸿风，量子力学，研究粒子间的运动、分子结构解析以及行动轨迹分析，时间理论提出者。林思佑，天文学，研究黑洞效应以及时间转移问题，也是你们组的组长。林绾如，负责记录，以及进行资源分配与调动管理。至于最后这个……”陈铭顿了顿，“你自己介绍一下吧。”

⧖

那个人撑着桌子站了起来，说：“我是朱鸿章，大家好。”说完便坐了下去。

空气似乎凝固了几秒。

陈铭缓了一下自己的情绪，说：“朱鸿章，时间模型创建者，也是时间研究的领先者。”

顿了顿，他继续说：“大家有什么疑问吗？这几天你们的权限卡将获得一级权限，你们有资格查阅除国家核心机密外的所有资料，你们需要在七天内了解完所有关于时间的资料，之后将会乘坐去往A国的飞机，听从那边的调遣。”说完，陈铭的视线在每个人身上一一停留，“有意见吗？”所有人确认无误后，陈铭坐到椅子上，说，“好，今天就是为了让你们了解一下彼此的情况和接下来的行程，大家可以走了。对了，林思佑留下来，我有些事情要跟你说。”

林思佑有些疑惑地坐在椅子上，等所有人出去后，陈铭转头看着他，说：“这些人你都看到了，有没有什么问题？”林思佑愣了一下，低头思考了片刻，抬起头来说：“那个朱鸿章，什么来头？迟到就不说了，态度也没那么好吧，怎么就被选上了？他能力有那么强？还是通过什么东西胁迫了你？”陈铭点了点头，又跟着摇了摇头，苦笑着扶着额头说：“他啊，能力很强，非常强，但安排他进来并不是我的意思。他不知道从哪里得知了关于时间的现状，硬是威胁我说必须让他加入这个团队，否则就要把这个秘密向全世界公布，他之前并不是我们内部的成员。”

林思佑愣住了，因为这几乎跟他脑海里想象的一模一样。他看着桌面发了下呆，点了点头：“我知道了，我会注意他的。”

“还有一件事，到了那边之后，一切都要低调，有专门的人在机场等你们。你们的行踪越少人看到越好，我们机构的隐秘性不需要多说了吧？”陈铭补充道。

林思佑点了点头，突然他像想到了什么：“那个黄毛怎么样了？”

“黄毛？”陈铭想了一下，笑着说，“你说的是03号吧，他现在已经脱离生命危险了，整天嚷嚷着要给他赔工伤费，他恢复得很好。”

林思佑若有所思地点了点头，欲言又止，“那……”

陈铭知道林思佑想说什么：“你是怕之前袭击你的那些人会再袭击你一次？”

林思佑揉了揉太阳穴，说：“对。你能不能帮我询问一下其他国家的代表有没有遭受过袭击？目前看来，我们组当中只有我被袭击了，但不能保证以后他们不会再袭击我们组的其他人。袭击者为何而来我们也不知道，只能做一个大概的猜测，估计跟这次事件有关。这样的话我们可以得出一个结论，不论是内部的人还是外部的人，情报肯定是泄露了。根据这个，你能联想到什么？”

陈铭变得格外严肃，低声道：“朱鸿章？”林思佑点头。陈铭感觉大脑一阵眩晕，他努力让自己冷静下来。他之前不是没有联想过，但是都被他心里的另一个声音拦下了，因为这是他最不想看到的情况之一。

陈铭轻轻吸了口气，说：“我明白了，我会着手调查这个人，你在那边一定要格外小心。”

林思佑点头，看着会议室的窗户外面，说：“其实她找不回来了吧。”

陈铭微微皱眉，撇嘴说：“五年了，很渺茫。”

林思佑嘴角流露出一丝苦涩的笑容，说：“是啊，大概是个正常人都不会想到再去找她吧。”他愣愣地望着窗外发呆，无论陈铭怎么叫他，他就像一块木头一样定在那里，不再动了。

等他回过神来时，周围陷入了一片黑暗，陈铭不知道在什么时候已经离开了。

这五年来时不时会出现在他梦里的场景正在他脑海里不断地重复着，迫使他不得不放弃思考。

第六章 疑团一个接一个

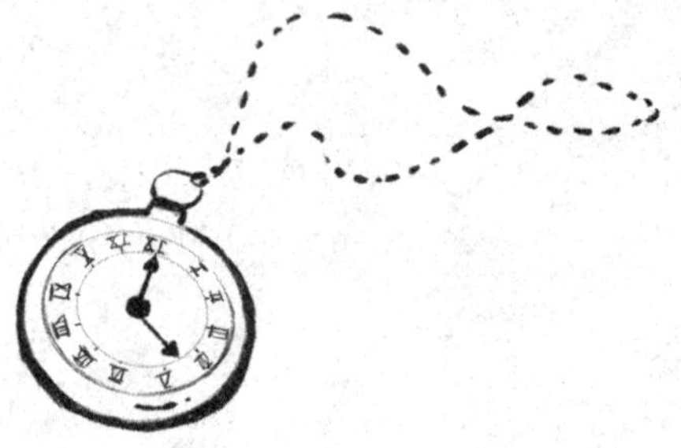

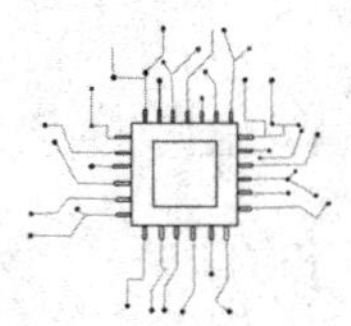

林思佑走出会议室的时候，只有几间办公室还亮着灯，走廊一片空旷，全世界仿佛只剩下他一个人。他走进电梯，刷卡来到二楼小天台，店铺都关上了门，一个人也没有。每当他回忆起那件事情的时候，他都会找一个空旷又看不到人的地方，自己一个人坐着，什么也不干。

“在干啥呢，组长？”林思佑被一个声音拉回了思绪，他察觉到天台上的灯被打开了，身体一僵，条件反射地回头看，是朱鸿章。

林思佑的汗毛竖了起来，给大脑传达着警惕的信号，他避重就轻地说：“坐坐而已，你来这里干什么？”

朱鸿章笑了笑：“我一般半夜的时候都喜欢来这里走走，挺安逸的，不是吗？”他走到天台的栏杆那儿，把手撑在栏杆上，看着远处的景色说道，“组长，你知道时间全部消失后会发生什么吗？”

林思佑回答道："所有粒子因无法维持原状态而分散，人类癌症激增，世界物种大灭绝，最后什么都做不了。"

朱鸿章转头看着他，鼻子里哼出一声轻笑，说："你错了，我还真没想到你也跟他们一样。"

林思佑看着他，问道："不然呢？"

朱鸿章点上了一根烟。林思佑翻了个白眼，他讨厌烟味。

"你好好想想，当时间快耗尽的时候，首先会发生什么？粒子无法维持原状，会怎样？你好好地发散一下你的思维想一想。"朱鸿章吸了一口烟，坐到了林思佑的对面，脸慢慢逼近林思佑，"还想不明白吗？抛下你之前所有的认知，好好想想？"

林思佑心中隐约有了个答案，沉声问道："你到底想说什么？"

朱鸿章张开嘴，说："粒子无法维持原状，分子结构会松散，最终导致的并不是癌症而是分解。想不明白？"

林思佑揉着太阳穴，看着自己面前的桌子，说："你的意思是他们有事情在瞒着我们，但因为必须借助我们的力量才迫不得已告诉我们部分真相，或者从另一个角度说他们可能是将不关联的两个东西放在一起编织成了所谓的真相？不对，你怎么知道他们是错的？孙鸿风是时间理论的提出者，按理说他应该会很熟悉时间才对，他不可能会被骗的，不是吗？”

⌛

朱鸿章叹了口气，以一种没救了的表情看着林思佑，说：“你还记得他管陈铭叫什么吗？”

“陈老师。”林思佑小声骂了一句脏话，“你怎么证明你说的是对的？为什么他们不告诉我们这件事情？你有证据吗？”

朱鸿章耸了耸肩，说：“我没证据啊，只是觉得有问题而已，所以我通过威胁他的方式来加入到这个团队里，我想弄清楚到底是为什么。”

“威胁？”

“对。”朱鸿章笑着说，“我通过查找，发现了一些关于时间的东西，然后发给陈铭并威胁他说如果不让我加入进来，我就把有关时间的事情告诉全世界。”

“你怎么找到的？”林思佑问。他有些紧张，预感到真相很快将会浮出水面。

“我？你知道能够通过新闻来获得信息吗？”朱鸿章笑了，“最近各国挺多有名的科学家都没有在大众面前露面了。他们肯定是在研究什么东西，而且是在一起。而他们在研究什么呢？肯定是一场大灾难，只有世界级的灾难才能把这群人聚集到一起，而世界级的灾难一般分为两种，第一种是正常人接触得到的，第二种是正常人接触不到的。第一种藏不住，所以我敢肯定是第二种。后来，我根据某种途径联系到了陈铭，跟他说‘我知道你们在做什么，人类危在旦夕，如果你不让我参与进来，我就把这个消息向全世界公布。也别想着解决掉我，我已经把相关信息上传到了网上，并设置了定时发布，如果我 24 小时内没有重新设置，这个消息将被所有人知道。’这样他肯定会来与我交涉，而我根据他的口风试探出来了更多东西，也就是这样，他同意了让我加入，而且关于这件事情，你有没有注意到他们也没那么急？如果真的着急的话怎么会给七天的时间？”

林思佑沉默了，眼前的这个人比他想象的还要严谨，他变得有些茫然，不知道自己究竟应该相信谁。

他揉了揉自己的太阳穴，说：“你究竟是怎么去创建那些模型的？是后来陈铭他跟你说的吗？”

朱鸿章说：“是后来我根据他跟我说的关于时间的情况，创造了一个大致的模型，紧接着我发现，缺少时间虽然不会致癌，却有可能让人直接从这个世界上消失，这就令我感到困惑。当我拿着模型去问陈铭的时候，他给出的是一个模棱两可的回答，因此，我几乎可以肯定现在时间没那么稀缺，而全世界科学家联合起来研究这件事情就很耐人寻味了。”

⌛

林思佑缓缓起身，点头说：“好，你的话我会好好考虑的。”他打开门走了出去。这个时候，朱鸿章突然在后面叫了他一声，他有些疑惑地回头，朱鸿章笑着看着他，说：“她现在活得很好。”

在林思佑愣神的工夫，门关上了。他连忙打开门返回去，而朱鸿章已经不知去向。

接下来的七天里，林思佑在查找资料的同时，也去问过陈铭现在朱鸿章在哪里，陈铭却说他也不知道，可能在宿舍。监控里面也找不到这个人的任何踪迹，林思佑感到非常烦躁，每次距离真相只差一步的时候，总是会遇到一个瓶颈没办法前进，他一直都不喜欢这种感觉。每当他努力沉下心来试图想把关于时间的问题解决掉的时候，脑海里总会出现朱鸿章说的那句话。

“她现在活得很好。”

第七章 遭遇绑架

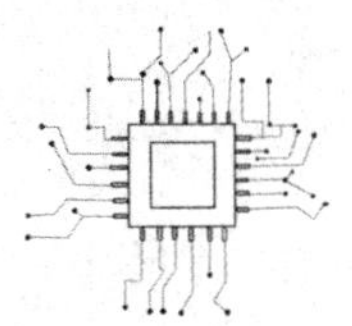

七天很快就过去了，到了集合的那天，林思佑收拾好东西准备出门的时候，一阵敲门声打断了他的思路。

他打开门，林绾如带着行李叉着腰站在他门口："林思佑！"

林思佑疑惑道："怎么了？"

"我好累啊！"

"啊？"

"我搬不动了！"

"……"林思佑撇了撇嘴，"你去找孙鸿风，我相信他会帮你的。"

"我不要，这个人现在在实验室，说他还有事情，快帮我接一下行李，要迟到了！"

"我也要去实验室。"林思佑一本正经地回答道。

"我呸，快接着。"林绾如把行李箱往前一递，林思佑有些无奈地接了过来。

“行了，来，你拿我这个。”

林绾如看着比自己的行李箱还大一圈的林思佑的行李箱，眼睛发直：“你这是带了什么东西，这么多？”

林思佑把行李箱推到林绾如身前说：“一些关于时间的资料，我把收集到的全部打印出来了，有一些可能有关联的东西我也放在了里面，等跟那边对接的时候可以拿出来参与分析讨论。”

林绾如眨了眨眼：“还好我不用研究这些，听起来好麻烦。”

林思佑笑了笑，把自己的行李箱拖回自己面前，说：“走吧，我们去集合。”

到了集合的场地，孙鸿风和陈铭已经在那里等着了，林思佑因为之前听过朱鸿章的那一番话，现在总感觉他们像在讨论什么一样。陈铭注意到了林思佑，冲着他招了招手。等林思佑过去，陈铭看着手表说：“朱鸿章又迟到了。”孙鸿风说：“他怎么老是迟到？他这样真的能胜任这个工作吗？”

陈铭看着他，叹了口气，转头看向林思佑说：“一会儿会有一辆车来送你们去机场，会有人全程跟着你们，以防不测。”

林思佑点头，这时候，朱鸿章也双手插兜慢悠悠地走了过来，他看着林思佑，耐人寻味地笑了一下。

上车后，林思佑闭着眼睛休息，林绾如坐在他旁边看着窗外发呆，孙鸿风看着随身带着的笔记本电脑，朱鸿章翻着手上的笔记本，不知道在想什么。

⧖

突然，车外响起了激烈的枪声，车子一个急刹，把林思佑震醒了，他不知道发生了什么，还在发愣的时候，车门被一个戴着墨镜全副武装的人拉开了。那人侧身让出一条道，焦急地说道：“我们遭到了袭击，快，一个个出来，我带你们去……”话音未落，一颗子弹钻进了他的头盔，他倒下了。

四个人都呆住了，都不敢轻举妄动。朱鸿章朝窗外看去，路口已经被车辆堵得水泄不通，大多数车都无法移动。他们的司机头撞在了方向盘上，生死未知。

枪声停了下来，几个一身黑衣的人把他们四个拉了出来，套上头套塞进另一辆车里。

车开了一会儿，朱鸿章大声喊道：“你们要带我们去哪儿？”

没有人应答。只听到沉闷的一声，车内又回归了寂静。

林思佑的手被另一只手捉住了，那只手紧紧地拉着他。林思佑紧了紧林绾如的手，努力让自己冷静下来思考对策。

朱鸿章不知是死是活，支援不知道什么时候到，他们没被绑起来或者打昏大概是那些人轻视他们四个，也有可能他们是为了示好。这可能意味着实施绑架的这批人熟悉他们四个人。如果护送他们的人也遭遇到袭击，那凭借他们四个人也是没有任何办法逃出去的，而他们没有被击杀的原因大概是因为他们还有用，能不能用这个做点文章……

他的大脑一片混乱，坐在车里也不敢乱动。不知道过了多久，他们的头套被掀开了，一阵光照到他们的脸上，晃得林思佑睁不开眼。

等他缓过来，发现自己不知道什么时候被带到了一栋房子里，绑在了椅子上，可刚才明明是在车上……

他们四个人面前坐着一个人，因为光线的原因，看不清对方的样子。林思佑转头看了看自己的同伴，朱鸿章头上隐约能看见血迹，所幸都没什么大碍。

坐在他们面前的人说话了："你们知道我为什么要把你们带来吗？"

朱鸿章往地上啐了口痰，说："我敢问？我问一声头上就挂了彩，现在脑子还是晕的。"

⧖

空气里安静了一会儿，那个人说："他们是我雇佣的人，也只是按规矩办事。我为你被敲晕的事道歉，我把你们带过来只是想让你们帮我完成一件事。如果你们能做到，我可以给你们指引你们这次行动的方向。"

林思佑吸了口气，说："我们怎么能相信你，我应该已经被你袭击两次了吧？你如果知道我们要去干吗，也会知道此项任务的难度，如果你连这个都能做到，那我想也不需要我们做什么吧？而且你这是在和政府作对，你知道吗？"

阴影中的人像是在考虑什么，他说道："林思佑，五年前你因为自己的女朋友被带走却无能为力而患上躁郁症，现在之所以准备参与这次行动，也是因为你觉得自己应该做点什么了，对吧？你比五年前要勇敢得多。”

林思佑愣在了椅子上，林绾如扭头看着他，像是发现了新大陆。

朱鸿章冷笑了一下，说：“行，那你是想干吗？你能动用这么强大的力量，却依旧有摆不平的事情。这件事恐怕没那么简单吧！你怎么就那么确定我们能完成这件事情？你又怎么能确定你能完成你保证的事情？”

阴影中的人回答说：“你们可以选择吗？朱鸿章，你在逃避什么？”

朱鸿章笑了：“我？我只是觉得这个世界太没意思罢了。你呢？你又是想干吗？敢劫政府的车，胆儿也挺大，我想你才是要逃避什么吧，果断地劫车，完了却以商量的语气来跟我们说话，你又在逃避什么？”

阴影中人说：“我想穿越时空。”

“……”

“……”

“……”

“……”

时间凝固了。

两分钟后，孙鸿风突然开口说：“如、如果我们能帮你完成，你能放我们走吗？”

林思佑有些惊讶地看着自己身边的这个年轻人，他的声音有些发抖。

阴影中的人说：“自然是可以，以你对量子力学的理解，你有能力完成吗？”

孙鸿风沉默了一会儿，说：“我不确定，我可以试试。时空是一个未知态的轴，如果能够把这个轴完全解析或者找到一条完整的规律，我想是可以的，量子力学应该是可以做到的。”

阴影中的人说：“那靠你们了。”

阴影中的人话音刚落，四个大麻袋又套到了他们头上。

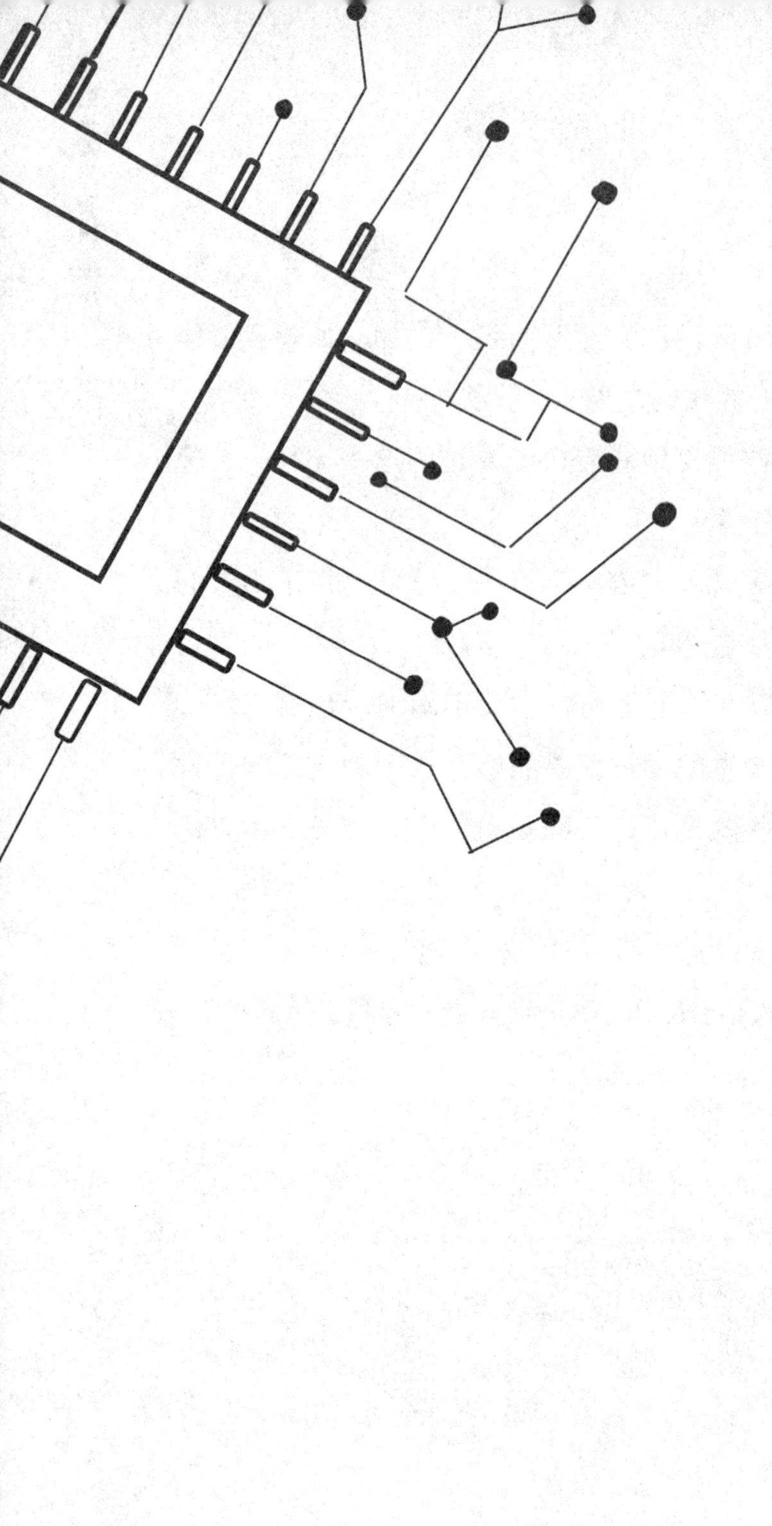

第八章 有什么在消失

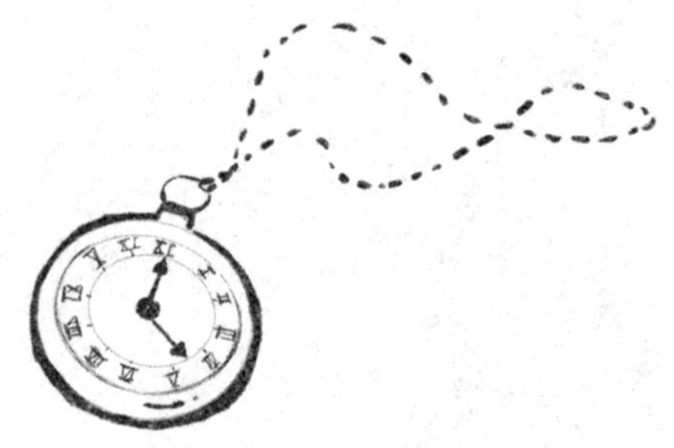

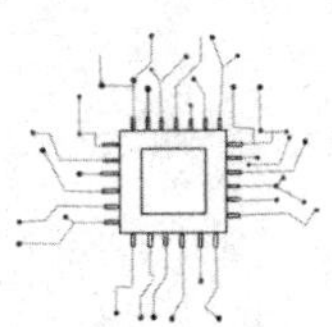

当套在他们脑袋上的麻袋再次被取下来的时候，他们发现自己被带到了一栋别墅里。这个别墅有三层，客厅里有电视、沙发、茶几，还有一个水壶和几个杯子，以及一部电话。

带他们来的人关上了门，林思佑拿起茶几上的电话，发现拨不出去。林绾如揉着自己被捏疼的肩膀。四个人坐在沙发上都有点沉默。

“我们会获救吗？”孙鸿风瘫坐在了沙发上，无力地说道。

朱鸿章“嘁”了一声，说：“不，这狗东西精得很，我们看起来像是在一个山林里，估计这地方挺难找到的。另外这栋楼的门和窗户都安了铁丝网，外面的树似乎是白桦树，应该是北方。如果是在B国的话，就更麻烦了。”朱鸿章说完，躺在沙发上闭上眼睛，他的头还在疼。

林绾如抱着自己的膝盖，缩在沙发上，把头埋在两腿之间，一直没有说话。

林思佑仰头叹了口气，这里给他一种很不真实的感觉，仿佛身边所有的东西都是虚幻的。“来说说情况吧，孙鸿风，你真的有办法可以弄个穿越时空的东西？”

孙鸿风抿嘴说：“不，完全没有头绪，我说的那些都是理论上的东西，想找到量子态的规律简直就是痴人说梦。我当时说那些是想先稳住他，看看其他情况再看。”

朱鸿章冷笑了一下，闭着眼说：“你是真不怕窃听器啊，这别墅，我告诉你，肯定布满了窃听器，你要这么一说咱基本上是凉了。要不你再整点理论上的东西，指不定还能有点头绪。”

这时，桌子上的电话响了。四个人对视了一眼。林思佑拿起电话：“喂？”

“你把免提打开。”

“……”

林思佑打开了免提，把电话放在了桌上，阴影中的人的声音传了出来：“孙鸿风说的我都听到了，但我并不担心。这个别墅里有一个实验室，你们四个人的房间我也安排好了，都带一个独立的洗手间。那里没有监控也没有窃听器，你们可以放心。食物都在厨房里，每周一我会将新鲜食材送来。你们只负责把那件事情做好，等哪天你们完成了任务，我哪天把你们放出来。”说完，电话那边就传来了忙音，挂得很快。

林思佑叹了口气，拍了拍孙鸿风的肩膀，说：“慢慢来吧，你负责去搜索资料，这里有电脑，但应该也无法连接外部网络。大家都累了，今天先休息，有什么事我们等明天起来再说，有异议吗？”

待所有人点头后，林思佑走上了别墅的二楼，发现有四个房间门上分别标上了他们的名字。

⧖

林思佑走进写有自己名字的房间，里面有一个衣柜、一张床、一组桌子和椅子、一台电脑、一个热水壶和一个水杯。桌子上还有一盒药，林思佑看过去，是氯丙嗪，治疗躁郁症的。

他打开衣柜，里面放满了大小正合他身的衣服。他又打开电脑，网络情况和他猜测的一样。

就在这时他听到有人敲门。林思佑把房门打开了。是孙鸿风。

“怎么了？”林思佑问。

孙鸿风看着林思佑，询问道：“我、我可以进来吗？”

“当然可以，来，进来随便坐，怎么了？”说着，林思佑走回了房间，随意地坐到书桌旁的椅子上。

孙鸿风跟着走进房间却没有坐下，他低着头，好一会儿才轻声说：“其实……我不知道怎么让时间倒流。”

林思佑愣了一下，笑着说：“我们还能有其他渠道可以离开的，这个就不用担心了。那种情况下谁都有可能说出一些不现实的话，你也不用太自责了。”

孙鸿风摇头，说：“不，不是这样的，我当时，我当时觉得大脑里有什么东西是不根据自己的意识走的，是它让我说出了那些话，明白吗……我当时感觉是我自己说的那些话，但之后回想起来我觉得那不是我说出来的……组长，你能明白吗？”孙鸿风看着自己的手，表情有些惊恐。

林思佑揉了揉太阳穴，说：“我明白，有些时候人的意识确实不是自己能控制的，你别多想，行吗？我们现在需要的是弄明白我们应该怎么出去，而不是想着这些东西。”

孙鸿风抬起头看着林思佑，突然笑了一下，笑得林思佑脊背发凉。

“你又怎么了？”林思佑盯着孙鸿风问。

“我好像突然明白了。”说着，孙鸿风脸上挂着一丝不自然的笑，转身走了出去。

⧖

林思佑愣愣地看着他离开的背影，翻了个白眼，吃了三片药，躺到了床上，想着这几天经历的事情。

这几天发生的事情几乎都是一般人无法想象的。他甚至怀疑自己是不是在做梦，也许他再一睁眼，就会发现自己正躺在家里，还在准备参与那个可能会获埃格·威尔逊奖的项目……

他突然触电般坐了起来。

我是做什么的？

那个能获得埃格·威尔逊奖的项目是什么？

我怎么一点都想不起来了？

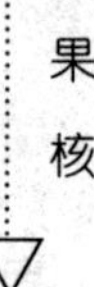

怎么一点都想不起来了？？

他努力让自己冷静下来，正当他试图专心去回忆那个项目的时候，门被敲响了。

第九章

回忆

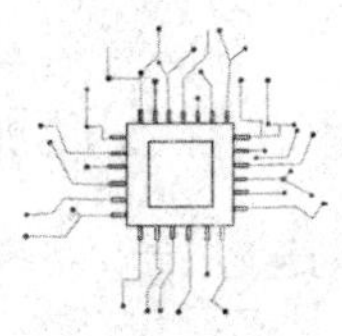

门打开了。是林绾如。

林绾如站在门前，抱着枕头，眼皮耷拉着，说：“我睡不着，没打扰到你吧？”

林思佑叹了口气，说：“没事，你进来吧，怎么了？”

林绾如进门，坐到了椅子上，看着窗外沉默了一会儿，说：“我们能出去吗？我有点害怕一直被关在这里。”

“没事，我们肯定能出去的。首先，如果政府发现了，肯定可以找到这里。其次，我们几个的房间都没有摄像头与窃听器。我想，我们可以自己想办法跑出去，所以……不用担心。”林思佑试图安慰林绾如，但他没有说出来的是，为什么这个人敢公然与政府作对？他的资本是什么？这是让林思佑感到非常困惑和害怕的一件事。

林绾如抱着枕头的手紧了紧，把下巴撑在枕头上，说：“是吧，都会好起来的吧？”

林思佑点点头：“都会好起来的。”

稍微沉默了一下，林绾如说：“对了，对了，你那个女朋友是什么情况？快快快，跟我说说。”

林思佑愣了一下，看着她那双似乎没有了刚才那丝阴影的眼睛，里面满是好奇。

林思佑无奈地摇了摇头，看着窗外的森林，慢慢地回忆起来。

“她叫唐婉，不能算是我的女朋友吧，只能说是从小玩到大的好朋友，我们一起考进了T大，和陈铭上的是一个大学，也是同级生。当时我报的是物理系，她是天文系。有一次吃饭，她问我要不要转天文系，我当时问她为什么，她说一个人搞天文特别孤单，想要有个人陪她，我当时想了想，就开玩笑问她，有什么报酬。她没有说话，示意我把眼睛闭上，我当时还感到挺奇怪的。闭上眼睛之后，她亲了一下我的脸。嗯，就这样，我稀里糊涂地就进了天文系。”

林绾如眨了眨眼，说：“你俩没在一起？”

林思佑点点头，苦笑道：“我当时没那个魄力，脑子完全被那个吻弄晕了。后来，她也没再提起那天的事情，就当这件事情过去了。”

林绾如问："然后呢？"

⧖

林思佑长出一口气，说："后来，有一次我们在外面玩，她把我带到了一个小巷子里，然后……她让我闭上眼睛。我照做了。也就在这个时候，我听到了一辆车行驶进来的声音，因为这条巷子挺偏僻的，一般不会有什么车进来。嗯，车门打开了，我本来以为这个是她想要给我的惊喜，但我听到她喊了一声：'你们想干什么？'这时候，我才意识到有什么不对劲的地方。我睁开眼睛，车上下来的人都戴着墨镜，穿着黑色西装，拿着枪。那辆车，没有车牌。我当时大脑里一片空白，整个人都是蒙的。后面的事情我记不太清了，只记得她当时说了一句：'我跟你们走，放过他。'后来她就上了那辆车走了。我当时一个人在小巷子里，愣了好久。后来，我去警察局报了警，但再没有任何关于她下落的信息。事情就是这样……"林思佑不说话了，愣愣地盯着窗外的树。

夜晚的森林被雾气笼罩着，时不时传来几声鸟扑腾翅膀的声音，很快又重归寂静。

安静的气氛持续了一会儿，林绾如开口说：“对不起。”

林思佑看着窗外，说：“没事，都过去了。”

就在这时，门又被敲响了。林思佑抬头，说：“请进。”

朱鸿章走了进来，看到林绾如，愣了愣。林绾如没有说话。

“我好像打扰到你们了？”朱鸿章坐到林思佑的床上说。

林思佑撇了撇嘴，说：“什么事？”

朱鸿章说：“我刚在这个别墅里转了转，发现实验室在客厅旁边的一个地下室里，里面的仪器带出来就无法使用，应该是在门口有一个感应器，如果识别到仪器被带出去的话就直接让仪器锁死。我们这个位置应该是在深山老林，刚才外面的鸟应该是猛鸮，这是深山老林常有的猫头鹰。我转了一圈，发现外面的树主要是松树。所以，我现在可以确定我们的位置，就只差制订如何跑出去的计划了。我的设想是把地下室的信号屏蔽掉，然后趁机找到激光钻啥的逃出去，你看怎么样？”

林思佑点点头。突然，他想到了什么，问道：“你说她过得很好，是什么意思？”

朱鸿章笑了笑，说：“字面意思啊。”

林思佑说：“你怎么知道她的事情？你到底是谁？”

朱鸿章看着林思佑，说：“这个你就不用操心了，只需要知道她现在还活着就行了。到底具体活成了什么样，我也不知道。”

X

林思佑还想说什么，朱鸿章站起身，说：“好了，我来只是告诉你们一下计划，也没准备让你给什么建议。刚刚我去敲孙鸿风的房门，他没有任何回应，你最好去看看，虽然这小子求生欲挺强，自杀是不可能的，但他在做什么我就不敢保证了。”

说完，朱鸿章走了出去，顺手关上了门。

林思佑叹了口气，起身对林绾如说：“我去看看孙鸿风，你……”他看着林绾如，林绾如跟着他站了起来，说：“我也回去了，我要休息一会儿。”

林思佑点点头，走了出去。

他走到孙鸿风的房间前，敲了敲门。

一片寂静。林思佑试着推门，发现门是锁着的。他悄悄地将耳朵贴到房门上，隐约听见里面键盘被敲击的声音。

林思佑愣了愣，心想，他该不会真的在研究穿越时空的事情吧？

不过，确认了孙鸿风应该没事之后，林思佑悬着的心暂时放下，他走回自己的房间，望着窗外，天空被树挡着，什么都看不到。

他那个参赛的项目，究竟是什么？

他不知道。

想不起来。

一点都想不起来。

明明感觉什么都记着，却怎么都想不起来。身边的东西像一层漂在水上的漂浮物，这种感觉很不真实。

非常不真实。

他揉了揉自己的太阳穴，躺在床上。困意袭来，他沉沉地睡了过去。

他又梦到了自己在那个盛满营养液的巨大的玻璃容器里，这次，除了两个穿白大褂的人，他还从玻璃里隐约看到了一张十分熟悉的脸，他想努力地看清那张脸。当两个穿白大褂的人快要按下按钮的时候，他看清了。

是唐娩。

他想起身伸出手去抓她，身体却怎么也动不了，那张脸在他眼里渐渐变得模糊。最后，看到唐娩转身，他喊了出来，然后猛地坐了起来。

⏳

别墅里。

林思佑坐在床上喘着气，好一会儿，他看向窗外，天边已经泛起了白光。

他起身，穿好衣服，走出房门，走向一楼。从楼梯上看下去，正对着的是厨房，旁边是餐桌，餐桌上摆着三份早餐……早餐？

他还在疑惑，林绾如从厨房里走了出来，手上拿着最后一份早餐。

林绾如注意到了他，对他挥了挥手，笑着说："来来来，快来吃，还是热的。"

林思佑坐到了餐桌旁，问："你怎么起得这么早？"

林绾如坐到了他的对面，耸了耸肩，说："睡不着，就起来做点吃的。来来来，尝尝味道。"

林思佑尝了一口，笑着说："挺好吃的。"

就在这时，朱鸿章走了下来，他看着餐桌前的这两个人，说："孙鸿风还没出来过？"

林绾如摇了摇头，说："没啊，反正我起床后没看到过他。"

朱鸿章往二楼看了眼，喃喃道："这家伙，疯了吧。"

林思佑看着他，问："你知道他在干什么吗？"

朱鸿章抬头瞟了他一眼，坐到餐桌前说："这么简单的问题还需要问？你应该也知道他在干嘛吧？他在透支生命换取他需要的信息。"

说完，他拿起筷子，吃起了早餐。

直到晚上，孙鸿风都没有从房间里出来过。

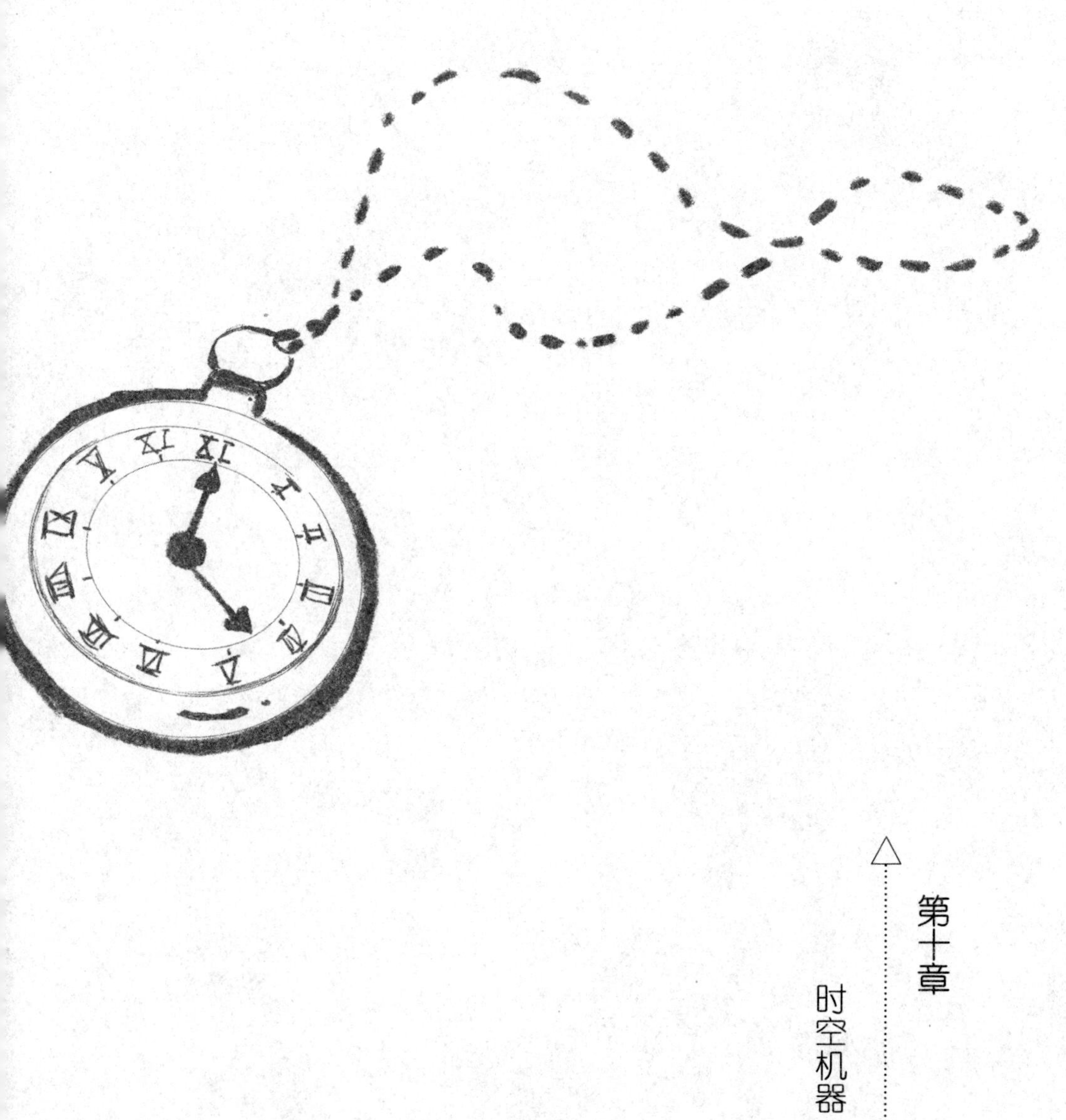

第十章 时空机器

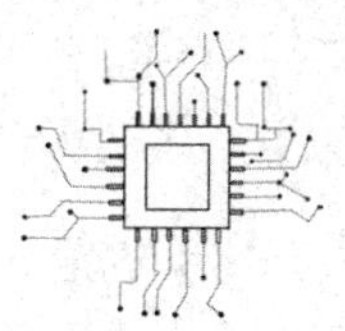

林思佑、孙鸿风和朱鸿章三人在林思佑的房间里讨论该怎么离开，顺着朱鸿章的思路，如果一切顺利，接着就是该怎么骗过监控摄像头的问题。

朱鸿章说："有两个选择：一个是寻找监控盲区，但现在我们找不到监控在哪儿，寻找到监控盲区的可能性几乎可以忽略不计；第二，就是找一个很懂电脑的人，从别墅连接到外网黑进监控，同时给外面的人报信。只是我这一块是弱项，昨天晚上我尝试了一下，失败了，现在应该更难破译出去了。"

三个人讨论了半天，却没有任何结果。他们也讨论了穿越时空的可能性，但一致认为这件事情几乎是不可能的。接着，话题又转到了时间危机，根据朱鸿章的说法，现在时间危机还没那么严重，起码两代内不会有任何危险。他之前做过计算，如果一百年内时间会耗尽，那很多本来紧致的物质结构会变得松弛，比如房屋结构不可能这么牢固，他昨天尝试了一下，墙还是那么硬。林思佑翻了个白眼总结道：“还是得尽快逃出去，时间的崩溃不知道伴随的是什么，还是得越早开始研究越好。”

第二天，三个人吃完早餐，接着又讨论该怎么逃出去，却依旧什么都没讨论出来。当天晚上，林思佑回自己房间前看了眼孙鸿风的房间，依然没有动静。

第三天，大家开始认真讨论穿越时空的可能性，可研究这个问题的主力一直把自己关在房间里，所有人都一无所获。

那天晚上，林思佑吃完晚饭回房，路过孙鸿风的房间，他有些担心地看了眼房门，刚抬手准备敲门却被另一只手抓住了。

林思佑转头看过去——是朱鸿章。朱鸿章没有说话，只是示意林思佑跟着他到他的房间去。

朱鸿章的房间很干净，给人一种非常简洁的感觉。他在房间里翻到一包烟，点上一根，站在窗边，打开窗吸了一口，转头看向林思佑，说：“知道我找你来是要干什么吗，组长？”

林思佑摇了摇头，坐到了朱鸿章的床上，说：“我可能知道吗？你现在虽然还叫我一声组长，但你真的把我这个组长放在眼里过吗？未必吧？说吧，想干什么？”

朱鸿章给林思佑递了根烟，林思佑谢绝了。朱鸿章笑了笑，说：“不知道？你看看你现在发挥什么作用了吗？陈铭明显只是想让你摆脱心理阴影，才让你担任这个职位，你现在能做什么？你们可真是好兄弟啊，我只稍微对你暗示了一下，你就对他充满猜疑。好兄弟，不愧是好兄弟。”

⌛

林思佑听出朱鸿章话里带刺，按照这个逻辑，他那天凌晨对林思佑说的话，极有可能是编的。林思佑顿住身体，缓了缓，脸色沉了下去：“你叫我来到底是什么事？我从来没有说过我怀疑他。”

朱鸿章又吸了口烟，看着窗外，说：“孙鸿风这个状态，你觉得正常吗？”

林思佑问：“你什么意思？”

朱鸿章撇了撇嘴，说：“孙鸿风，按理说，他应该是很在意自己生命的，现在却在透支自己的生命做这件事情，你觉得正常吗？”

林思佑想了想，说：“你什么意思？他不是想让自己出去才这样的吗？只是努力的方式有点极端而已，你又是从哪里看出来他不爱惜自己生命的？哦，说他有概率成功的是你，现在却说他透支生命的也是你……”林思佑的声音小了下去。

朱鸿章笑了笑，看着自己手上的烟，说：“他这几天就像找到了自己生命的意义那样努力。可是，按照他的性格，就算在认真研究什么东西，也不至于到这么废寝忘食的地步吧。你说呢？”

林思佑不再沉默了，说道：“怎么？只是认真地研究一样东西而已，没有错吧？他中间肯定也休息了，不然这么高强度的研究，哪会受得了？”林思佑还没意识到自己现在已经感到有点不对劲，准确地说，是害怕。

朱鸿章“嘁”了一声，说：“你能不能别这样，一遇到重要的事情就逃避，你逃避什么呢？孙鸿风这么明显的问题你为什么不深究？”

他把烟摁在烟灰缸里，说：“你有没有想过，假如我们这个世界是假的，会怎么样？或者说，你会不会经常感觉这个世界是假的？”

“绝不可能！”林思佑猛地站起来，意识到自己失态后，冷静了一下，说，“绝不可能。一个假的世界不可能包含这么多的信息，如果你想说这个世界是假的，那么你，提出这个理论的人，在我这里就是假的！”

朱鸿章看着窗外的树，笑了：“指不定呢。”

“胡扯！”林思佑转身，“行了，听你扯这些没用的我不如回去睡觉。现在，我们的当务之急不是讨论这些，我们需要讨论的是我们能不能出去，懂吗？”

⧖

林思佑走出去的时候，却发现孙鸿风的房门是打开着的。孙鸿风正愣愣地站在那儿，听到这边有动静，他的头慢慢地转了过来，脸色白得吓人。他嘴唇微动，用虚弱的声音说了四个字，便倒在了地上。

“我成功了。”

林思佑又产生了那种很不真实的感觉。他连忙上前把孙鸿风扶起来，踏实的触感让他有点安心。朱鸿章走

了出来，看了眼躺在林思佑怀里的孙鸿风，问林思佑："他刚才说什么了？"

林思佑抬头看了他一眼，说："他说他成功了。现在不是说这个的时候，过来帮我把他扶上床。"

朱鸿章没有理他，自顾自地走进了孙鸿风的房间。林思佑"啧"了一声，将孙鸿风抱进了房间。这时，他看到朱鸿章正对着孙鸿风的笔记本电脑，眉头紧锁。林思佑把孙鸿风抱上床，走到朱鸿章的旁边，问道："怎么了？"当他看到电脑上的内容的时候，愣在原地许久没有回过神来。

电脑屏幕上是一个大型机器的模型，旁边密密麻麻地写着各种数据——精确到微米，同时还有各个数据的分析与推测。整个模型显得宏大又不可思议，仿佛根本不是一个人完成的，而模型的顶部，赫然写着四个大字：

时空机器

朱鸿章看了一会儿，转头看着林思佑："你看得懂吗？"

"看不懂。"

“那还挺巧。”

朱鸿章摸着下巴，看着孙鸿风，说：“你说我们可不可以想个办法把这小子搞醒？”

林思佑撇了撇嘴：“行了，你快闭嘴。我去问问林绾如要不要给他打葡萄糖，我记得好像有药箱吧？”

朱鸿章点头，说：“我去拿药箱，你去找林绾如。”准备出去的时候，他突然顿了顿，转身把孙鸿风的笔记本电脑合上，递给林思佑，“带好。知道你不信任我，我怕这个被他们调包，到时候不认账咱找不到地方说理去。”林思佑看了一眼朱鸿章，点点头，接过电脑。朱鸿章走了出去。

⧖

林思佑敲了敲林绾如的门。

“谁啊？”林绾如穿着睡衣打开门，揉了揉睡眼惺忪的眼睛，“林思佑，干吗？”

林思佑说：“孙鸿风从房间里出来了。不过，他晕倒了，你看能不能给他注射点葡萄糖？”

林绾如眨了眨眼睛，有些无奈地笑了：“傻子，我又不是学医的，我怎么能知道嘛。不过，我可以去看看有什么能帮上忙的。”

说着，林绾如自顾自地走向了孙鸿风的房间。林思佑有些尴尬地跟上去，进去后发现孙鸿风的手臂上已经插上了输液针。朱鸿章正坐在他床边，抬头看了看他们，笑着说：“你看，这不就好起来了吗？”

林思佑有理由肯定他是故意的。

林绾如看了看孙鸿风，又转头看了看林思佑，说：“让我来干吗？”

朱鸿章说：“你来了正好，来看看这个模型，能不能想到点什么？”说着，他起身把夹在林思佑胳膊下的笔记本电脑抽了出来，打开，给林绾如。

林绾如接过笔记本电脑，看了好一会儿，撇了撇嘴：“你们两个是不是合伙整我？孙鸿风现在怎么样了？”

朱鸿章说：“他啊，现在生死未卜，命悬一线，亟需一位美丽的公主献上一吻，请问你愿意完成这项艰巨的任务吗？”

“滚。”林绾如翻了个白眼，打了个哈欠，“如果没什么事情，我就回去继续睡觉了。”说完，她靠着门栏转身，头也不回地走了。

林绾如回去后，朱鸿章收起笑容，说：“他现在的情况很不乐观。”

“啊？”林思佑有些疑惑。

“不知道严重到什么地步，还得再看，他的脉搏很轻。我刚刚试图唤醒他，但失败了，掐人中都掐不醒。”

“……你还是个人？”林思佑深吸口气，努力让自己冷静下来，“那现在怎么办？就这样等他醒过来？”

朱鸿章看着林思佑，摸了摸下巴，没有说话。

林思佑被他盯着有些发毛：“怎么了？”

朱鸿章沉默了一下，说：“你自杀吧。”

“啊？”林思佑愣住了。

“我说，你自杀吧。”朱鸿章缓缓地说道。

“你有病？”林思佑觉得自己心脏堵得慌，“你神经病吧！我干吗自杀？我活得好好的我自杀？”

朱鸿章摇头，说：“不，我是认真的。我真的很想知道这个世界是不是虚拟的。”

林思佑后退了两步：“你疯了。”他戒备地看着朱鸿章。

朱鸿章起身，慢慢地向他走近：“不，如果我的推测是正确的话，这个世界的每个人在完成自己的使命后都会一去不复醒。但如果你还没完成使命的话，这个世界是不会让你死的。”

林思佑不断后退，说：“有证据吗？我说你能不能不要这么唯心主义？你到底想干吗？”

林思佑靠在墙上，朱鸿章贴着他停住了，“扑哧”一笑。“逗你玩的。瞧把你这孩子吓得。这个世界的规律我怎么能参透呢？”他抬头看着这栋房子的天花板，喃喃道，“我怎么能参透呢？”他又看着林思佑，说，“没什么大问题，他应该休息一天就能醒。”说完，他抱着笔记本电脑走进自己的屋子关上了门。林思佑久久没有回过神来。

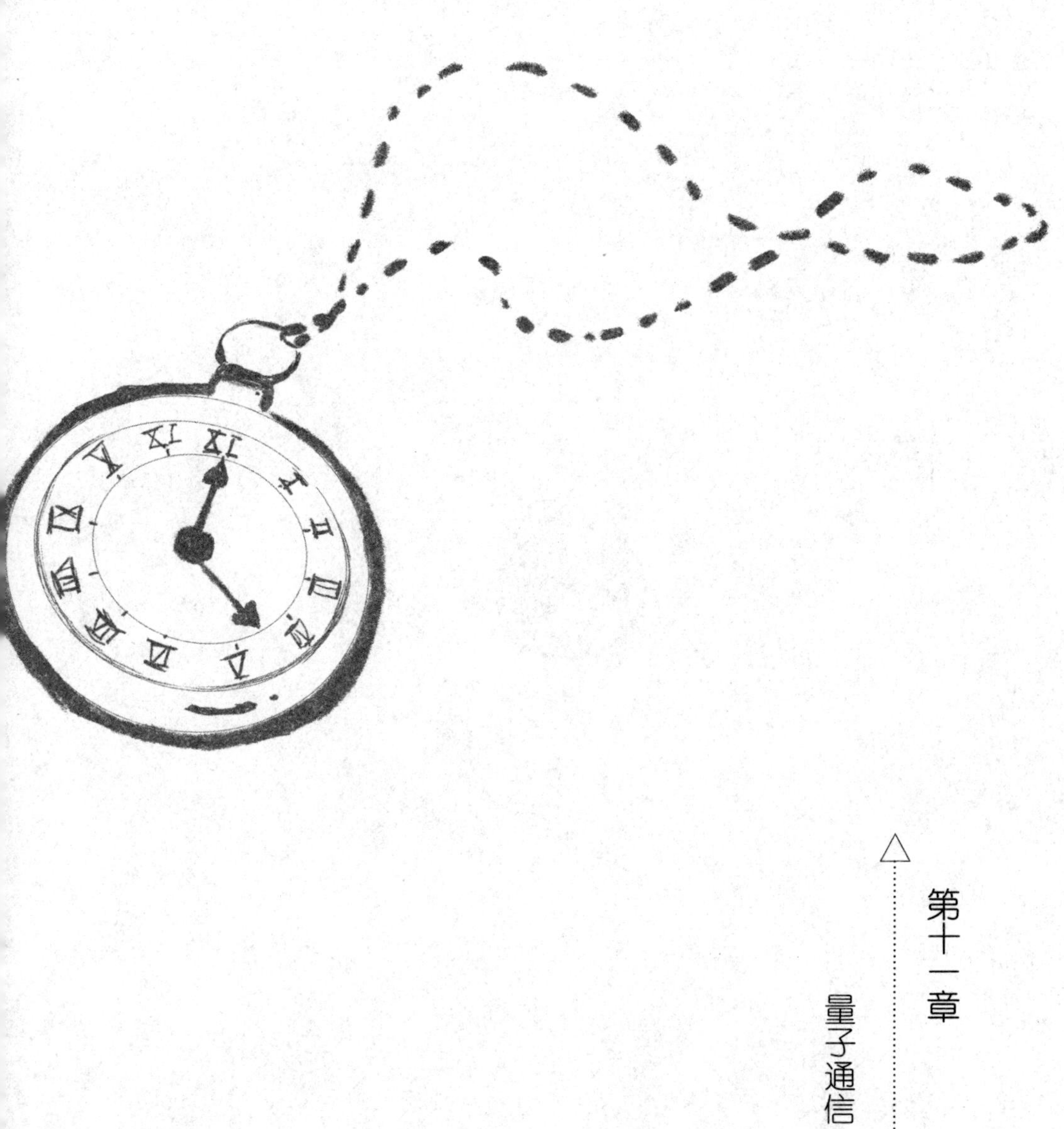

第十一章 量子通信

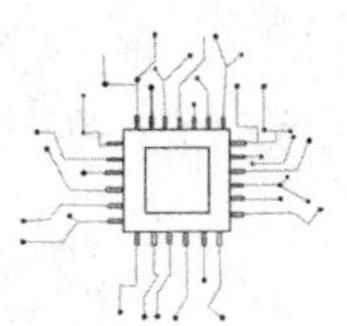

第二天，林思佑下楼的时候看到正挂着吊瓶吃早餐的孙鸿风，心里稍微踏实了几分。他坐到餐桌上。林绾如正在喂孙鸿风，孙鸿风几天没吃东西了。看到林思佑下来的时候孙鸿风抬头，轻轻点了下头，没有说话。

林思佑坐到孙鸿风对面，开始吃饭。这时候，朱鸿章打着哈欠走了下来，眼睛周围一圈是黑的。

朱鸿章坐在林思佑旁边，抬头愣愣地看着孙鸿风出神。孙鸿风被他盯得发毛，问："怎么了？"

朱鸿章咧了咧嘴，说："你小子，可以啊！"

"嗯？"孙鸿风有点没反应过来，他的大脑到现在还是晕晕乎乎的。

"你是怎么想到用宏观的东西来证明微观的东西的？你这是在证明大统一理论？"朱鸿章问。

"不知道，"孙鸿风吃了口饭，说，"我当时就是突然想试试看。”

“还有，让量子宇宙与宏观宇宙做对比的想法……”

林绾如瞥了朱鸿章一眼，说：“你让他先吃饭，别问这问那的，他的身体现在需要补充能量。”

林思佑问朱鸿章：“你等等，你什么时候知道这些的？”

“哦，我当时吓你的时候顺手把电脑调包了，你当时手里的电脑是我的。”

“……”林思佑差点被气死。

林绾如有些疑惑地看着他俩：“你们昨天晚上做了什么？”

“没事。”朱鸿章笑着说，“我想了解时光机的构成，所以昨天专门花了一晚上的时间研究孙鸿风电脑里的资料，整台电脑里的文稿有七十万字，他堪称顶级打字机。”

“哦……”林绾如看了林思佑一眼，不说话了，将一勺汤递到了孙鸿风的面前。

林思佑撇了撇嘴，说：“里面是什么内容？说说看？”

朱鸿章吃了口饭，说：“简单来说，他创建了一个关于量子宇宙的模型，提出了量子宇宙构成与宏观宇宙类似，宏观宇宙由各种各样的量子构成，而量子宇宙也由更小更细碎的物子构成——这个‘物子’大概是他自创的说法——物子带动了量子宇宙的活动。之所以我们无法理解量子的运动，主要是因为目前是从宏观宇宙来解析的，而不是从比量子更微观的物子宇宙解析。所以想通过量子宇宙来解析时空实现时空穿越，需要的就是解析物子的活动。”他吃了口饭，接着说，“这个人创建了四千万个物子的模型，准确地说，我从他的模型创建软件里得到的结果是有 45276315 个失败的物子建模。最后在尝试第 45276316 次的时候，他居然真的做到了。”

⧖

朱鸿章对着孙鸿风敬了个礼，三秒。

“他代入了我们这片分区的物子演算来推论模型的准确性，具体是怎么做到的，这个可能需要他本人来回答，因为我也不知道他具体的演算过程。”说到这儿，他看了眼孙鸿风，“物子建模完成了。接下来就是量子的行为轨迹建模。这个比物子建模要简单，只需要带入物子的运动轨迹来完成对量子轨迹的运算就行了。就这样，他得到了一个可以预测未来的程序。这个程序需要代入这片分区的量子运动，而不知道这片分区的量子运动，这个程序就是个废品。当然，我也不知道这片分区的量子运动是什么样的，所以这个软件的实用性还有待核实。”

“得到了完整的建模后，他根据这个完成了一个关于时空机器的假设：扰动周围量子宇宙的量子，使它们达到自己想让它们到达的目的地，这会产生连锁反应，带动整个宇宙的量子。如果这个系统完成的话，就会带动整个空间都进行所谓的‘时空回溯’。而具体怎么让人的意识保留解释起来会很复杂，简单来说就是将穿过身体的量子恢复到身体的当前状态以达到保留人体的机能与意识，但是，”朱鸿章加重了语气，“这个系统要消耗的时间非常多，因为带动了整个宇宙的量子进行……嗯……等于是强行逆天改命的活动，时间本来按匀速在给予能量，现在突然要逆加速或者正加速，不论怎样都会导致时间急速消耗。这是现在的时空根本无法承担的。所以我们需要那个把咱们绑来这里的人提供的线索。”

听到这里，林思佑突然想到了什么，打断朱鸿章说：“等一下，如果那个人一直在监视我们的话，怎么到现在还没过来拿这个成果？”

朱鸿章笑了笑，说：“孙鸿风在晕倒前做的最后一件事，就是黑进了监控，并把监控调成前三天的内容，进行循环播放，时间不变，另外还根据监控的地址寻找到了那个家伙在网络上的所有资料。他叫许天文，出生于一个富豪家庭，从小吊儿郎当没个正形，长大了靠收保护费、放高利贷这些勾当无忧无虑地活着。几年前，不知道因为什么他突然转性，开始发奋图强研读相关科学的书籍。他发明了一种依靠光学迷彩制作的‘幽灵车’，监控设备识别不到，但人的肉眼可以看到，按下一个按钮就可以选择是否在摄像头下隐身。他常常开着这种‘车’去收高利贷，很多人措手不及，就连警察也追不上他。不过，他主要研究的还是时间科学，可能是因为他父母去世了。估计是想再看父母一眼吧。”

林思佑看着孙鸿风，他这才知道这个人的黑客技术这么厉害。朱鸿章似乎看出了他的疑虑，笑着说：“量子通信，掌握了这项技术不就等于掌握了全世界的资料？”林思佑恍然大悟，如果能熟练地掌握量子通信技术，那么整个世界的文档就等于暴露在那个人手里，拥有了量子通信技术，就等于成为世界上最强的黑客。

孙鸿风愣愣地吃着饭，表情有点呆滞，他闭了会儿眼睛，说：“好困。”

朱鸿章看着孙鸿风，点点头，没再说话。

吃完早餐，孙鸿风回房睡觉，朱鸿章叫上林思佑和林绾如，来到客厅坐下。

“怎么了？”林思佑问。

朱鸿章说：“我们需要在他们知道自己的监控被黑之前逃出去。我在研究孙鸿风那台电脑的时候复制了一份关于量子通信的资料，昨天晚上我已经把我们的位置发给陈铭了，但到现在都没有人来救我们。唯一一种可能性就是，这里的政府都无能为力。”朱鸿章环视了一眼两人，大家的表情都有些沉重，他继续说，“所以要做好我们根本逃不出去只能乖乖上交研究成果的准备。”

林绾如说：“不对呀，他不是本来也只是想看父母最后一眼的吗？我们把研究成果上交不就行了？”

林思佑说：“不。我们现在根本不知道他们有没有可以解决时间问题的方案。更重要的是，整个时间倒流产生的影响也是我们无法想象的。再说啦，就算真的交上去了，之后我们能不能活着，也是个问题。”

突然，“嘭”的一声，窗户被打碎了，外面扔进来了一个冒着青烟的东西。朱鸿章看着那个东西，突然吼道：“趴下！！”

“砰——”地上的手榴弹炸了。

林思佑还没来得及感受遍布身上的疼痛，过往便如走马灯一样在眼前闪过，最终画面停在了一个巷子里。

“我跟你们走，放过他。”

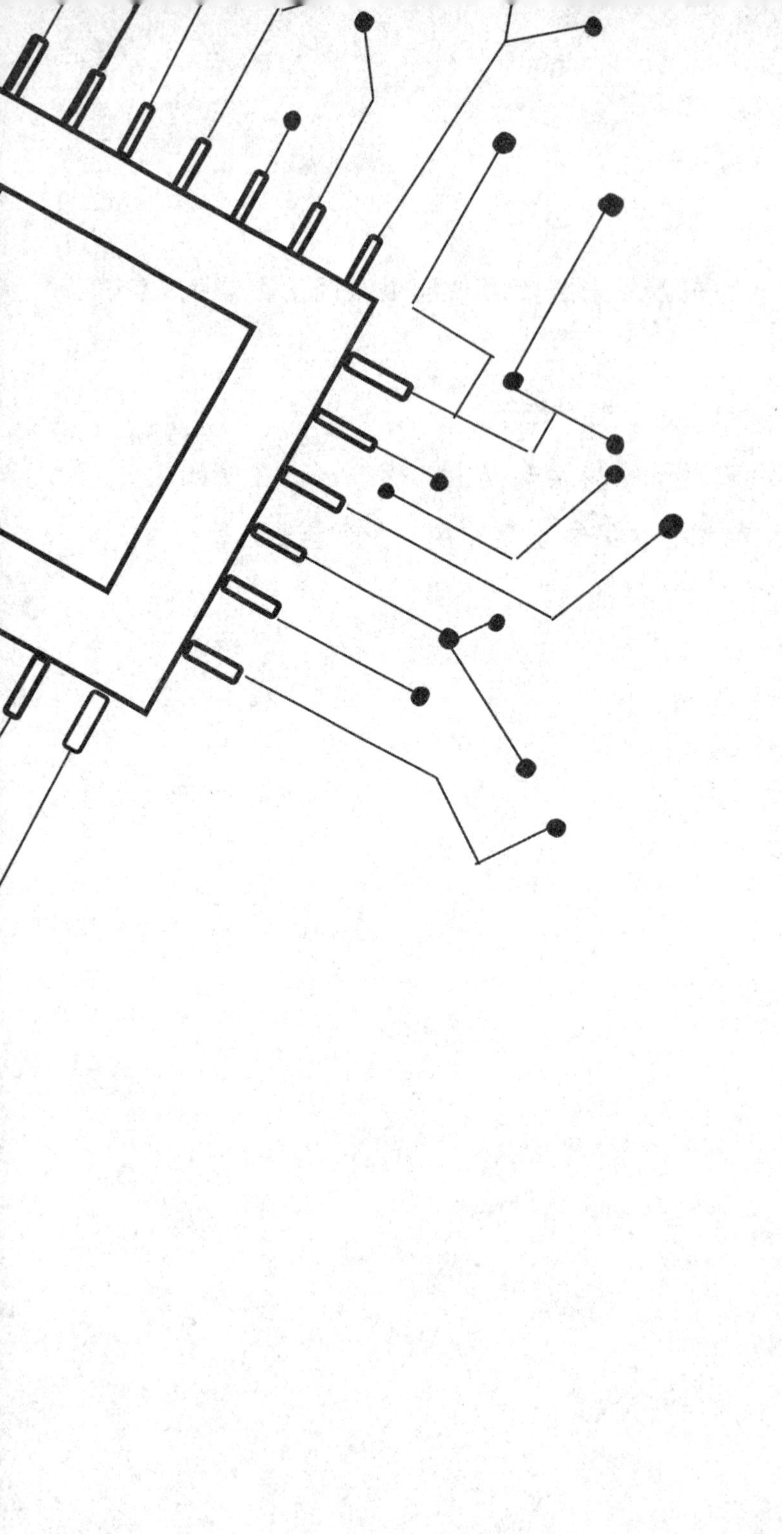

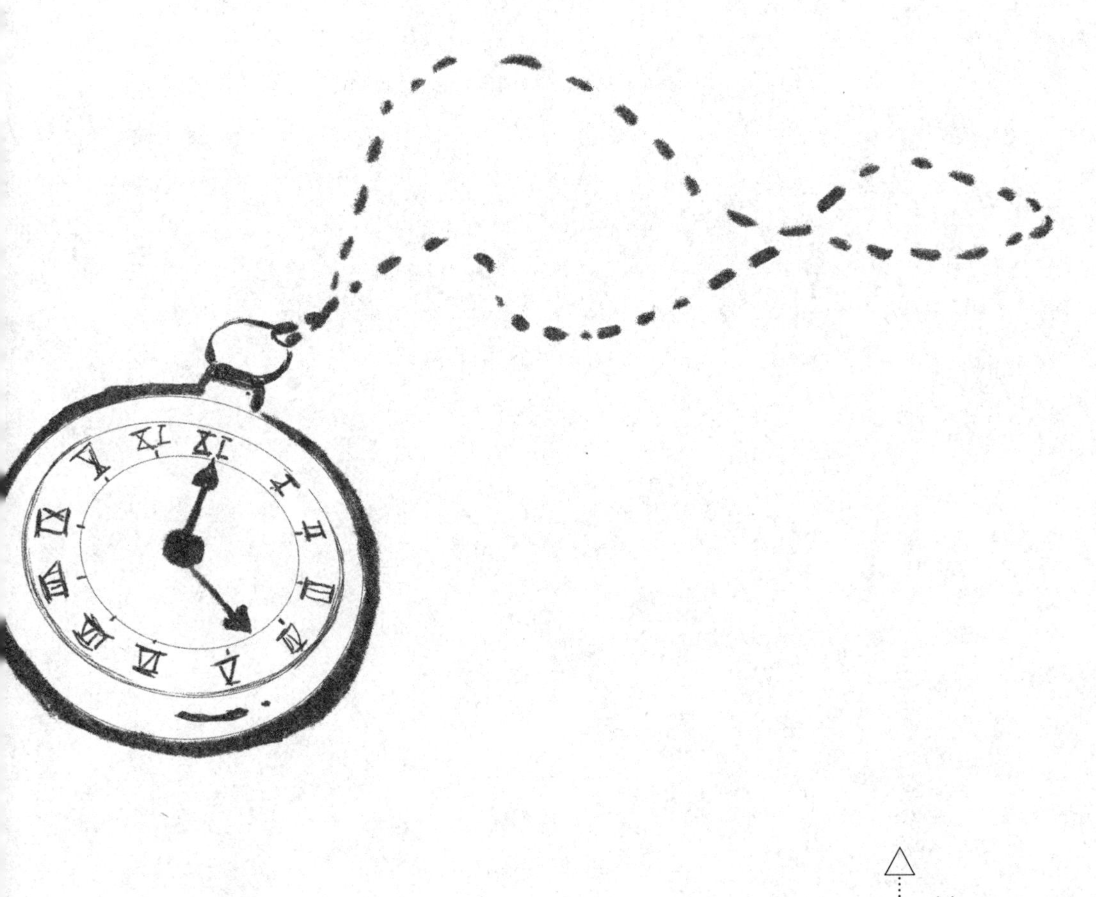

第十二章 他们都是假的

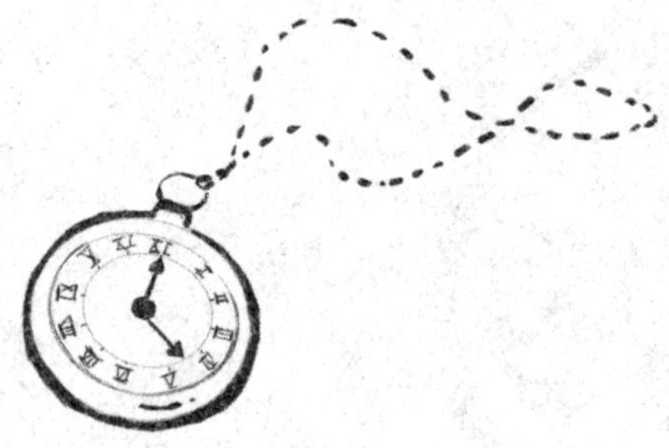

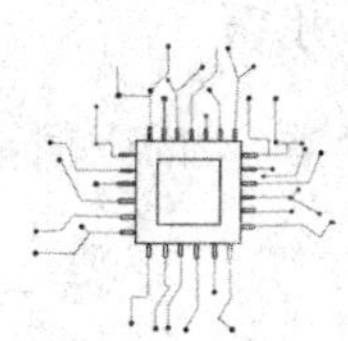

林思佑想坐起来，却“砰”的一声撞到了一块玻璃板上，一种熟悉的窒息感遍布他的全身。

玻璃板被打开了，林思佑连忙坐起来，趴在容器的边上干呕。

这是哪儿？感觉好久没有这么用力地呼吸过空气了。

他拔掉插在身上的管子，喘着粗气看着周围，两个身穿白大褂的人在眼前的空气里记录着些什么。

一个非常熟悉的场景……梦里的场景。

“这是哪儿？”林思佑问。

那两个穿着白大褂的人的手停住了，瞪着眼睛看着他，仿佛他刚刚做了什么十分无礼的事情。

其中一个人微微动了动手，林思佑的大脑里立刻出现了一段讯息。

“别用嘴说话，我感觉我遭到了侵犯。”

林思佑张嘴想说什么，又在眼前两个人威胁的眼神中咽了回去。他用一种夸张的手语表示：“你们怎么做到的？这里究竟是哪儿？”

那两个人疑惑地看了他一眼，而后走了出去。

不一会儿，进来了两个警卫，不由分说地把他从容器里拉了出来。林思佑浑身无力，只能任由那两个人把他往前拖。

他们走过一扇扇门，每扇门都在他们靠近的时候自动打开，一路通畅无阻，只有几个身穿白大褂的人匆匆走过。两个警卫把他带到一个只有一张桌子和两把椅子的房间，然后走了出去，把他一个人留在了那里。

林思佑在椅子上躺着休息，他觉得自己的身体十分疲惫，大脑昏昏沉沉的。

不一会儿，门又打开了，一个穿着黑色西装的人走进来，坐到他的对面。他抬眼瞟了那个人一眼，没有动。他真的太累了。

“你好，林思佑，我是陈。”身穿西装的人说话了，“B-6542世界的母意识，意识纪元为2001到2060间。幸会。”

林思佑问：“这儿是哪儿？”

“这儿不是哪儿。如果你问位置的话我可以告诉你，这里是伊甸园计划的执行地点，在格利泽581g星上。”陈说道。

“我完全不知道你在说什么。朱鸿章他们呢？你们把他们怎么样了？”林思佑问。他微微动了动自己的身体，试图找回一些力气。

“我知道你可能很难接受。但是，他们都是假的。”陈看着林思佑说。

⧖

“什么？”林思佑没反应过来。

“我是说，他们都是假的。都是你虚构出来的。”陈面无表情地重复道，这种能用嘴说话的方式让他感觉很爽。

“我根本不明白你在说什么。我到底在哪儿？别开玩笑了。”林思佑说道。

就在这时，他大脑里收到一段讯息：“他没在开玩笑。”

这段讯息传来的感觉让他很熟悉，是来自身后的。他转头看去，瞳孔瞬间收缩。他猛地站起来，腿一软摔在了地上，浑身无力地盯着那个人。

唐婉?

很多年前就已经失踪的唐婉，他却在这里见到了。

唐婉担心地加快脚步，走到他面前，把他扶起来。林思佑愣愣地任由她把自己扶到椅子上。

他身边不知道什么时候多了张椅子，唐婉坐了上去。林思佑注意到陈动了动手指。唐婉轻轻点了点头。

陈说道："她是你的妻子，叫唐婉。也是你在果核里的经历中那个被抓走的人。"唐婉不引人注意地咬了咬下唇。

疯了。

林思佑愣愣地坐在椅子上。

都疯了。

林思佑愣愣地盯着面前的桌子。

全都疯了。

林思佑愣愣地抬起头，看着陈和唐婉。

陈摇了摇头，手指动了动，很快，林思佑的大脑读出了一条消息："他刚刚从果核里出来，我们之前确实也讨论过失忆的可能性，你先带他回去休息，等明天他能接受的时候再把他带到我办公室里来，他可能也记不清手语要怎么表示了，所以你让他点头或者摇头就行。”

唐婉点点头，扶着林思佑走出去，手指轻轻动着。

⌛

“你真的什么都想不起来了吗？点头或者摇头就行。”林思佑点点头，意识到这里可能用嘴说话没那么受欢迎，但他真的不会那些手语。

唐婉把他领到一个房间里，空间比外面看起来要大。林思佑有些茫然地向窗外看去，外面有草地，有牛羊。

唐婉顺着他的目光看去，似乎明白了他的疑虑。

“这个是三维的背景，可以随时更改，你需要换个场景看看吗？”

林思佑摇头，扶着墙走向床，躺在上面。

他感觉自己身体极度疲惫，却在床上翻来覆去怎么也睡不着，好像有什么地方变得不一样了。忽然他感觉到自己怀里钻进来一个人，低头看去，是唐婉。

唐婉在他怀里抱住他，手指在身前慢慢地动着，林思佑在这一刻感觉到了久违的温暖。

“我真的好想你，你在里面太久了，我甚至一度怀疑你是不是一直醒不过来了。不过，我上次去看你的时候你睁眼了。研究是那些人的事情，可是我真的好担心好担心你。听他们说你的果核有些不正常，说什么E值太高了。我不明白，只是好担心你。”

林思佑反手搂住她。虽然他并不知道这里发生了什么，但至少身边这个人是真实存在的。

他把自己的头轻轻地顶在唐婉的肩膀上，翻身把她抱住，一时间竟然有点想哭。

“我再也不会让你离开我了。”

第十三章 伊甸园计划

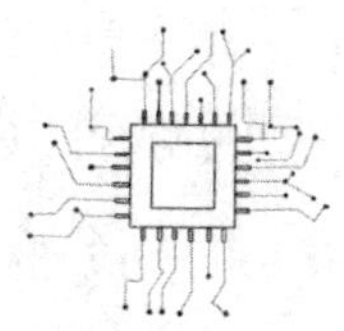

第二天早上，林思佑睁开眼，坐起身后感到有些茫然。他不知道自己在哪儿，看到唐婉的时候还吓了一跳，差点没从床上蹦起来。

唐婉被他的动静吵醒了，支起身来揉了揉眼睛，手在身前轻轻滑动。

“早啊。”

林思佑清醒了几分，揉了揉太阳穴，点点头，没有说话。

他们出去的时候早餐已经在餐桌上准备好了。唐婉告诉林思佑这里的食物不用自己处理，智能管家识别到主人起床，会自动根据主人昨天晚上预留的材料和菜单来准备早餐。林思佑点了点头。

吃完早餐后，唐婉带着林思佑到了陈的办公室。

陈的办公桌上有一台很大的黑色设备，林思佑盯着那个设备愣神。陈挥手示意唐婉出去。

等唐婉出去后，陈说："你现在还不会手语，是吗？"

林思佑点点头。

陈说："好吧，暂时你可以说话。"

"我，我这是在哪儿？"林思佑的表情有些疑惑。

陈皱了皱眉，回答说："这个不重要，果核也许损害了你的大脑，你现在的智商可能低于正常水平。所以，我需要给你做一个智商测试。来，看着我的眼睛。"

林思佑盯着陈的眼睛，突然，他面前多了一张布满选择题的试卷。

"我们会根据你做题的速度以及准确率来完成对你智商的评测。大胆地写吧。"

等林思佑写完后，陈看着试卷，眉头紧锁，好一会儿，他才说道："智商 60，低于平均水平。"

林思佑有些生气："我智商够用。"

陈叹了口气说："不，数据不会骗人。果核可能将你的智商降低了，毕竟需要超负荷地使用你的大脑，还是会有些副作用的。"

"降低智商？"林思佑疑惑道。

陈点点头，说："对，降低智商。那是让你的大脑超负荷运转的设备，所以肯定会对你的大脑造成损害，更何况……你在里面已经待了一年了。”

林思佑翻了个白眼，说：“那为什么我要在里面待上一年？不惜换取降低智商这个代价？”

陈深吸口气，说：“你是被招聘来的实施伊甸园计划的‘果核缔造者’，你有资格知晓这些信息，但请千万不要让别人知道。因为如果让别人知道的话，我们不能确保这个不流传到民间。你看着我的眼睛。”

⧖

林思佑抬头看着陈的眼睛，他的脑海里多了一整个文件夹。

他尝试打开文件夹，里面的讯息蹦了出来。

“伊甸园计划对外宣称是为了大一统理论的奠基以及验证而实行，实际上却是因为时间资源紧缺，我们需要迅速找到科学的解决办法而实施的一个方案。

“一百年前我们发现了时间，五十年前我们成功地创造出‘果核’，就是将人放入营养仓内，使人类进入自己的精神世界，这是当前唯一一种可以让人脑全功率运转并被监控的设备，也是唯一一种可以让我们突破现代技术瓶颈，跳跃至更高技术阶段的设备，可以让人的工作效率提高一万倍以上。设备的副作用是人脑会受到不同程度的创伤。这种创伤是不可预估的，比如失忆、智商受损、记忆力缺失等。

“人类越来越多，消耗的时间也越来越多，人类大转移已经迫在眉睫。人类却始终无法完成在黑洞宇宙、量子宇宙等方面技术的突破。

“于是，伊甸园计划提上日程，即让25000个世界顶尖研究员志愿进入果核，开始最大化地开发人脑的潜力。经过技术革新后，人脑之间可以达到相互影响以加速研究进程的程度。也因为这个，伊甸园计划的提案被加速通过，随后25000名志愿者加入了计划，并正式开启了实验。”

林思佑抬起头，问：“可是，为什么在果核里我的意识会和我自己真正的意识产生冲突？”

陈说：“不，与你意识产生冲突的部分是我放进去的。因为你的环境值太高了，达到了0.75到0.78的区间，这意味着你的果核世界，已经趋近真实以及完美，这时候，增加一些环境冲突能够进一步激发你大脑的潜能。”

林思佑不想承认自己听不懂。他又问：“为什么朱鸿章能知道唐婉的位置？”

⧖

陈愣了愣，低头沉吟了一下，说：“有可能是因为你潜意识里对他的抗拒，因为那个人很优秀，而且喜欢唐婉。”

林思佑没想过会听到这样的回答。

陈起身，说：“你是伊甸园计划里第一个苏醒的果核，因为你的意识给予了我们有关量子宇宙的解析结果，得知这个后，我们将该理论用于其他果核，以推进研究进程，所以我们给了你一个提前苏醒的权利。我先带你去做一个智力恢复吧，再安排一个人帮助你完成对手语的熟悉。”

陈说完，走向门口，林思佑转过头来问他：“我要是不苏醒会怎么样？”

陈在门口停下了。

“会死，走吧。”

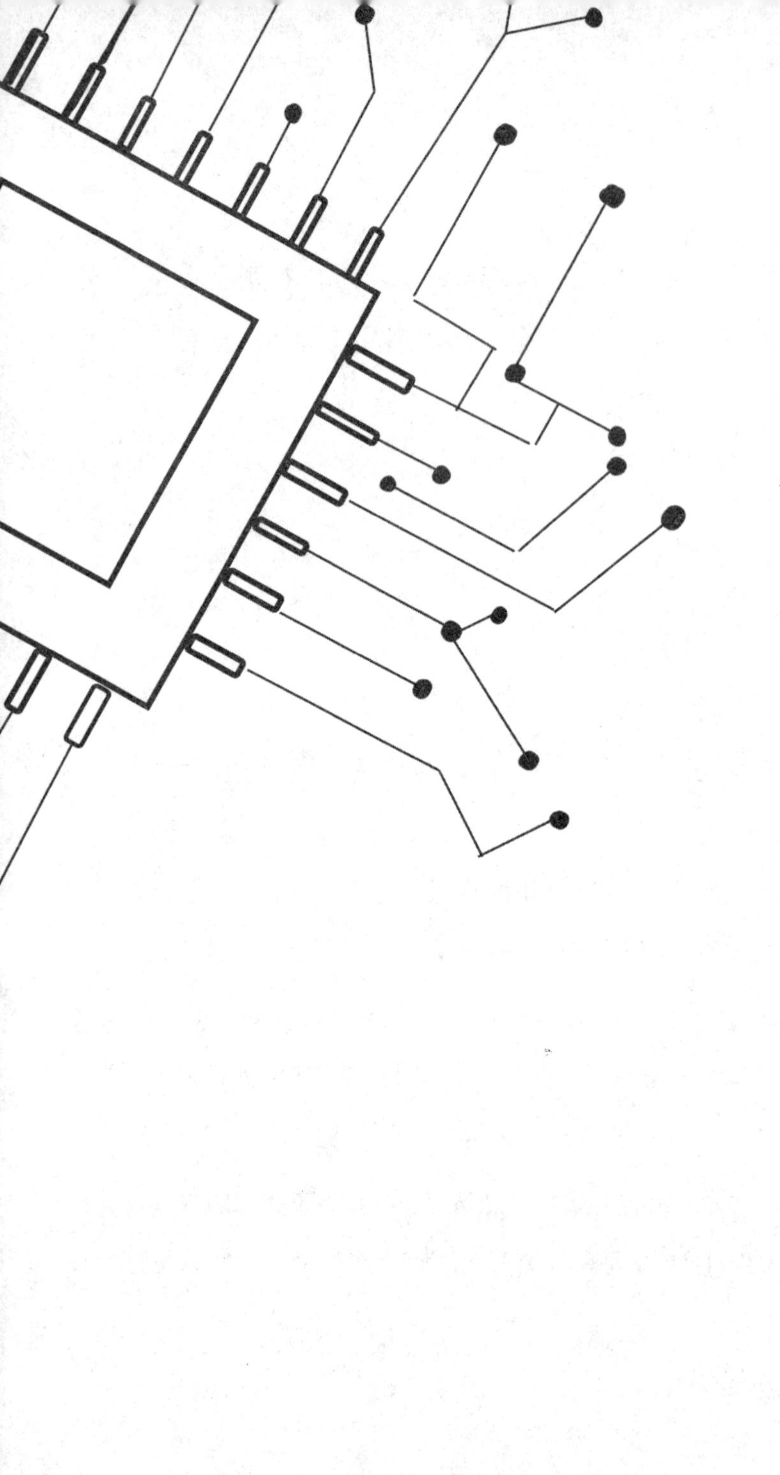

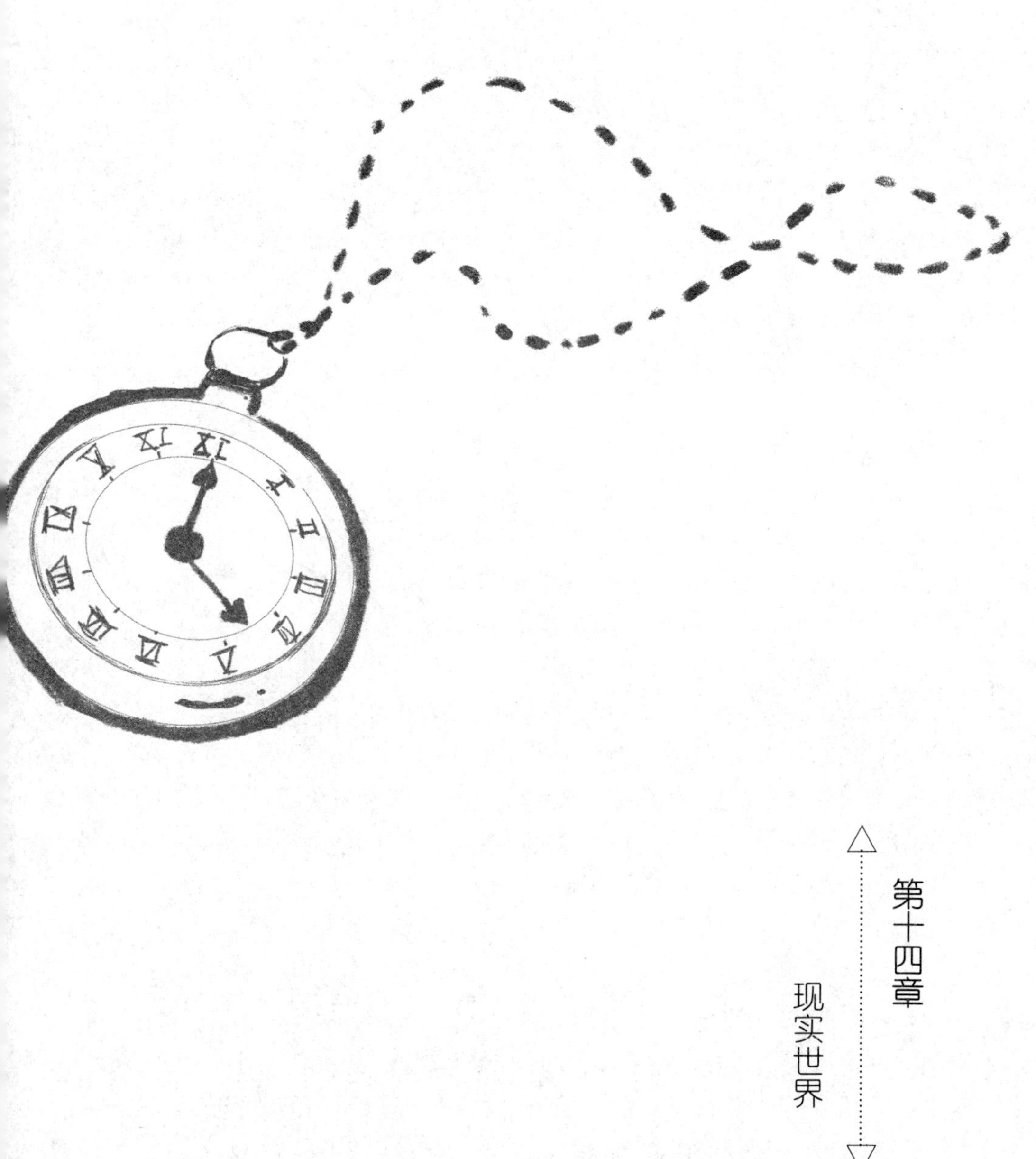

第十四章 现实世界

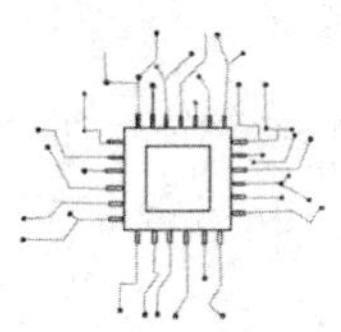

两年后。

格利泽 581g 的太空室是人类最大的太空室之一，里面设置有可以租借的小型球车，供人乘坐。小型球车四面都是玻璃，底部内置有一个与玻璃相连的吸盘，当乘客的神经网络与管内设施结合在一起的时候可以操控整辆车进行环游。

那里是天琴座 β 星，也叫织女星，那边那个叫天鹰座 α 星，也叫牛郎星，在上古时期有一个神话故事就是关于这两颗行星的……

林思佑搂着唐婉坐在球车里，手指轻轻动着，为唐婉解说这些行星，时不时低头宠溺地看一眼唐婉。她窝在林思佑的怀里，可能并不懂所谓理科生的浪漫，但能听到林思佑的声音，能感受到他在旁边，就已经知足了。

距离他被唤醒已经过去了两年，林思佑每个月都会得到一笔很可观的奖金，来自国家。根据陈所说的，他基本算是光荣完成任务了，现在就是要等待命令去执行下一步计划。

他问过陈在果核里朱鸿章提到的“死亡”，根据陈的说法，死亡确实是离开果核的唯一途径，但是如果没有外界的手动操作，果核世界的主意识是不会死的。当谈到这一点的时候，陈看着窗外的那棵树出神。

这两年里林思佑的大脑经过康复治疗，恢复得差不多了，他也逐渐地学会了手语，了解到在这个世界里张嘴说话是对人莫大的不尊敬。

当询问到这个礼仪是怎么来的时候，陈的回答是之前人类的科学技术经过了一个爆发式的成长，当时短短的一百年间出现了三次工业革命，在第六次工业革命的时候普及了人脑 AR 技术。这个技术强大的地方在于只需要往人的大脑里植入一个芯片，它就能依靠生物电不断地提供能源，当时就连最贫苦的人也会想办法给自己大脑里植入一张这个芯片。

只要植入这个芯片，人可以给自己构建一个空间，在这个空间里什么都能得到，要吃的有吃的，要喝的有喝的，不会有任何不适的感觉。

人类的惰性也在这段时间完全地暴露了出来，那时随处可以见到横死的人类。与芯片厂商打了许久的拉锯战后，后来各个国家都禁止再制作这种影响生理状况的芯片，这场持续了整整两年的“人类大颓废”才最终告一段落。全球死亡人数达到了五百万。

那段时间，人类甚至连话都懒得说，一个叫艾伯特的程序员设计了一套语言程序，只需要人微微动一下手指，芯片就能自动将信息翻译并传达给另一个人，全球通用。虽然这类芯片后来被销毁了，这套语言程序却保留了下来，手语成了真正意义上的世界语，这个习俗也随着这个程序保留了下来。

后来随着技术不断发展更新，芯片已经可以用于与人类个体有关的任意事情，包括打电话、验证身份、收付款等一系列事情全都可以用芯片执行，它也被戏称为

“脑时代的手机”。

但是，还有一个问题始终令林思佑百思不得其解，就是先前的记忆他怎么也找不回来了，他只有在果核里的记忆，更早的就是一片空白了。他跟陈反映过这个问题，陈的回答是有些人确实会这样，不必担心。但是他的疑虑更深了。

因为他不知道自己为什么会答应离开唐婉。

为什么？

完全不知道。

根据陈的说法，他在果核里遇见的人都是在真实世界里存在过的人，果核是将自己眼里的他们投映在现实世界里。那么那些人都是谁呢？陈给出的回答模棱两可，仿佛是在刻意逃避着什么。

还有一个问题。

两年了，为什么一点人类要转移的消息都没有？他去问陈的时候，陈只是淡淡地看了他一眼，给出的答复是国家机密不可泄露。

不对。

太不对了。

“老公，想什么呢？”林思佑的思绪被打断了，他回过神来，看到唐婉眨了两下眼睛，有些担心地看着他。

他低头轻轻亲了一下她的额头，回答道："没什么。"

晚上回到家，林思佑有些慵懒地躺在床上，正准备睡觉，大脑里突然传来一阵铃声。是陈打来的电话。

"怎么了？"林思佑手微微动着，芯片自动识别手指运动轨迹，转换成文字传导到那一头。

"有些事情要和你商量。你什么时候有时间来中心一趟？"陈问道。

"和伊甸园计划有关的？"林思佑问，有些迟疑地朝唐婉看去，她正趴在床上看电影。

"算是。"陈说。

"明天早上七点吧，我准备一下。"林思佑看了看自己的时间安排表。

"好，这件事情不要跟唐婉说。"陈补充道。

"为什么？"林思佑很不解。

"对她有害。"说完，陈就挂了电话。

“谁给你打的电话？”唐娩问。

林思佑看着她：“我明天早上出门要办点事情，可能会晚点回来。”

唐娩问：“什么事啊，是中心那边的事情吗？”

“嗯，算是吧。”林思佑还是不擅长欺骗唐娩。

唐娩眨了眨眼，说：“那早点回来，晚上我想去公园。”

林思佑点了点头，没有说话。

第十五章 如何进入黑洞

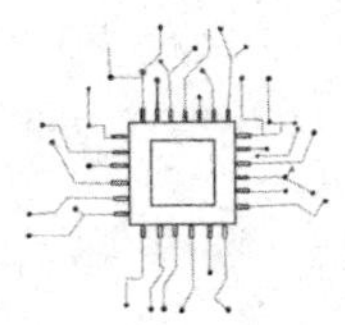

林思佑六点钟爬起来，机器人已经准备好了早餐放到了他的桌上，他随便吃了点，然后，在来的路上叫了辆飞车赶到中心。

中心是一栋圆柱形的建筑物，中间是镂空的，里面有一棵巨大的“科技树”，这棵树的每一颗果核就是一个人脑激发器，当时林思佑就是在这里完成的量子研究。

林思佑走进陈的办公室，陈示意林思佑坐到椅子上。

“所以，找我来什么事？”林思佑开口道，他并不习惯使用手语，总感觉怪怪的，而陈也是一个喜欢用嘴说话的人，所以两个人单独在一起的时候就会直接用嘴进行对话。

“我们花了两年时间研究清楚了你针对量子宇宙构建的模型，根据这个模型，我们可以创造出一个控制空间部分粒子的东西。按理说，我们应该可以依靠量子来构建时间，但是出现的问题是，无论用什么方法都无法完成对时间的构建。”

林思佑愣了愣，说：“为什么？掌握了量子宇宙的规律构建粒子应该不是难事吧？”

陈说：“它跟其他粒子完全不一样，我们对粒子进行了无数次的搭建，可还是没能得出时间的模型，或者从另一个意义上讲，在三维宇宙我们是无法构建时间粒子的。”

林思佑愣住了，问：“为什么？只要是个粒子不就应该能被构建出来吗？除非，真的存在四维物体？”

陈缓缓地点了下头。

林思佑沉默了。

陈说：“所以问题就出在了这里，但是我们还有一个办法，一个只在理论上可行的办法。”

林思佑抬起头，说：“进入黑洞。”

“没错。”陈说，“从现在的理论上看，黑洞另一头的时间是绝对充裕的，我们可以想办法依靠运送人进黑洞再带着满满的时间回归，只有这一条路是可行的。”

陈说完，盯着林思佑，说：“有想法吗？”

“完全没有。”林思佑站起身，说，“如果是这样的话，我想我们的聊天可以到此为止了，我才不想让自己的小媳妇一个人在家里守活寡。从黑洞周围的引力和堆砌的时间来看，我就算顺利进入黑洞，又顺利回来，即便只过去两个小时，我回来后就得去参加我媳妇八十岁大寿喜宴，我绝不干。”

说完，林思佑转过身准备出去，就在这时，身后陈的声音悠悠地传过来，让林思佑的脚停在了原地。

“你想没想过，自己之前为什么会同意接受任务？还有失忆。不就是因为你的小媳妇吗？”

林思佑回过头，表情逐渐从疑惑、沉思，变成难以置信。最后，他瞪大眼睛，手不住地颤抖。

⌛

陈笑了，点了点头说：“你回去吧，你有三天时间考虑。”

“不，我同意，现在就开始吧。”林思佑缓缓说道。

“哦？这么快就想好了？”陈的笑容越发明显，显然他达到了自己的目的。

“嗯。”林思佑回过头走了出去，整个人都在颤抖。

林思佑回到家，唐婉一见他就扑了过来，把头埋进他的怀里：“老公！晚上带我去公园玩！”

林思佑沉默着推开她，自顾自地走上阳台，将阳台门反锁。唐婉站在阳台门后，有些担心地发着消息：“老公，没事吧？”

“滚！”林思佑回过头大声吼道。唐婉身体僵住了，好一会儿，她慢慢地垂下手臂，跑回了卧室。听到一声巨大的关门声，林思佑长出了一口气，回头看着天空。天琴座 β 星和天鹰座 α 星，其实永远永远都不能相遇。

晚上睡觉的时候，两个人都背对着对方，各有各的心事，却没人开得了口。

虽然好像都明白对方不说话的原因。

第二天早上，林思佑吃完早餐早早地出门了，陈约了他讨论具体事宜。

到达陈的办公室后，陈问道：“你对进入黑洞怎么看？”

“进入黑洞有几种方法。第一种，创造出一种可以大规模运用的物质，能抵消黑洞的引力的，这样我们就可以成功通过黑洞；第二种，制造一种可以从黑洞那边将时间吸附过来的仪器。”

陈点点头，说：“还有一种，让人变成量子态被黑洞吸进去。”

⌛

林思佑愣了愣，点头。

陈看着面前的电脑桌，陷入了沉默。过了一会儿，他说：“我们需要不择手段地为了全人类的存亡而行动，不管方法有多疯狂，只要能通过审核就行。”

就在这时，陈的芯片告诉了他门外有人，他的手指轻轻地动了动：“请进。”

门外的人走了进来，看到林思佑，问候道：“你好。”

陈手指轻动：“这个是我秘书，沈。”

林思佑有些疑惑：“为什么你们的名字都这么简洁？”

陈回答道：“这只是一个代号而已。我们继续说，他不是外人。想进入黑洞，我们只能通过这些方法来获取通道。林思佑，你是怎么看的？”

林思佑沉默了一下：“我记得之前我的果核意识里出现过可以进入黑洞的材料，那是不是只要能够找到我果核里的那一段场景就可以了？”

陈思索着：“果核意识是跟着你的视角走的，也就是说，在你的视角外都是盲区，这也是你当时一开门一关门朱鸿章就消失了的原因。”

陈轻轻动着手指：“所以问题就在于，你当时的意识里为什么会出现能进入黑洞的材料。正常来说，果核意识里能够推动整个世界发展的只有你自己的意识，也就是按着自己的意识走。但是你的果核意识不一样，它基本上每个人物都能通过自己的意识来行动，这也是你的 E 值会那么高的原因，到现在你仍然是唯一一个能够 E 值达到这么高的人……不，除了很早之前出现过的那一个。”

E 值就是环境值，陈之前跟他提起过。

林思佑看着桌子沉思，而后抬头问：“那么你的意思是不是我的果核其实有可能找到那个材料？”

陈思考了一下，点点头：“是的。”

林思佑看着桌子：“请让我再进去一次。”

陈沉默了，抬头问："你真的确定要这么做？"

林思佑点了点头。

"你再进去可能就再也出不来了，反复进入果核的人的大脑会受到极其严重的创伤，而且你二次进入也不一定能够找到这个材料，我不想损失一个人才。你真的想好了吗？"

林思佑迟疑了一下，沈有些尴尬地站在一旁，这个时候才能插上一句嘴："主任，理事会已经通过了提案，天启计划可以启动了。"

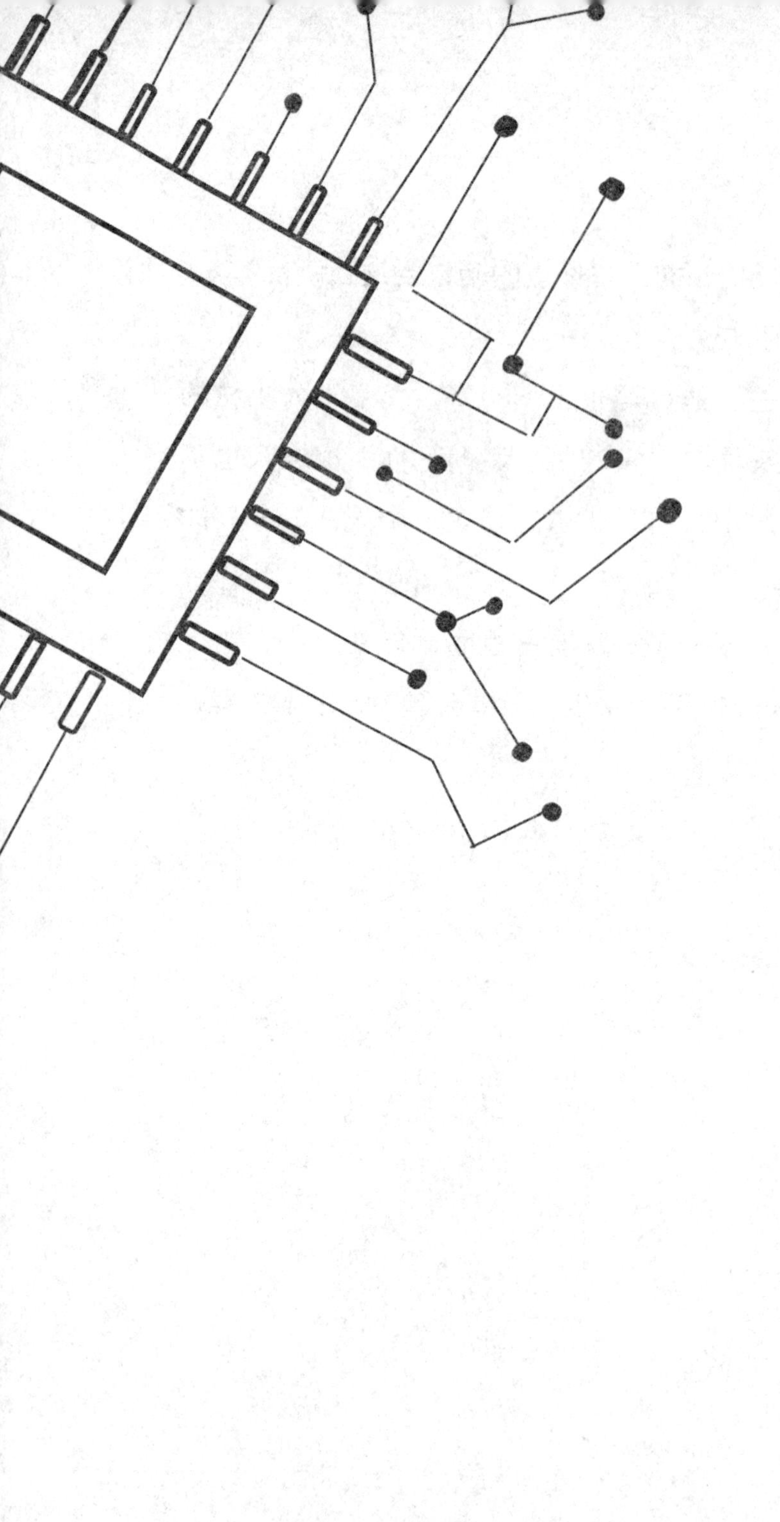

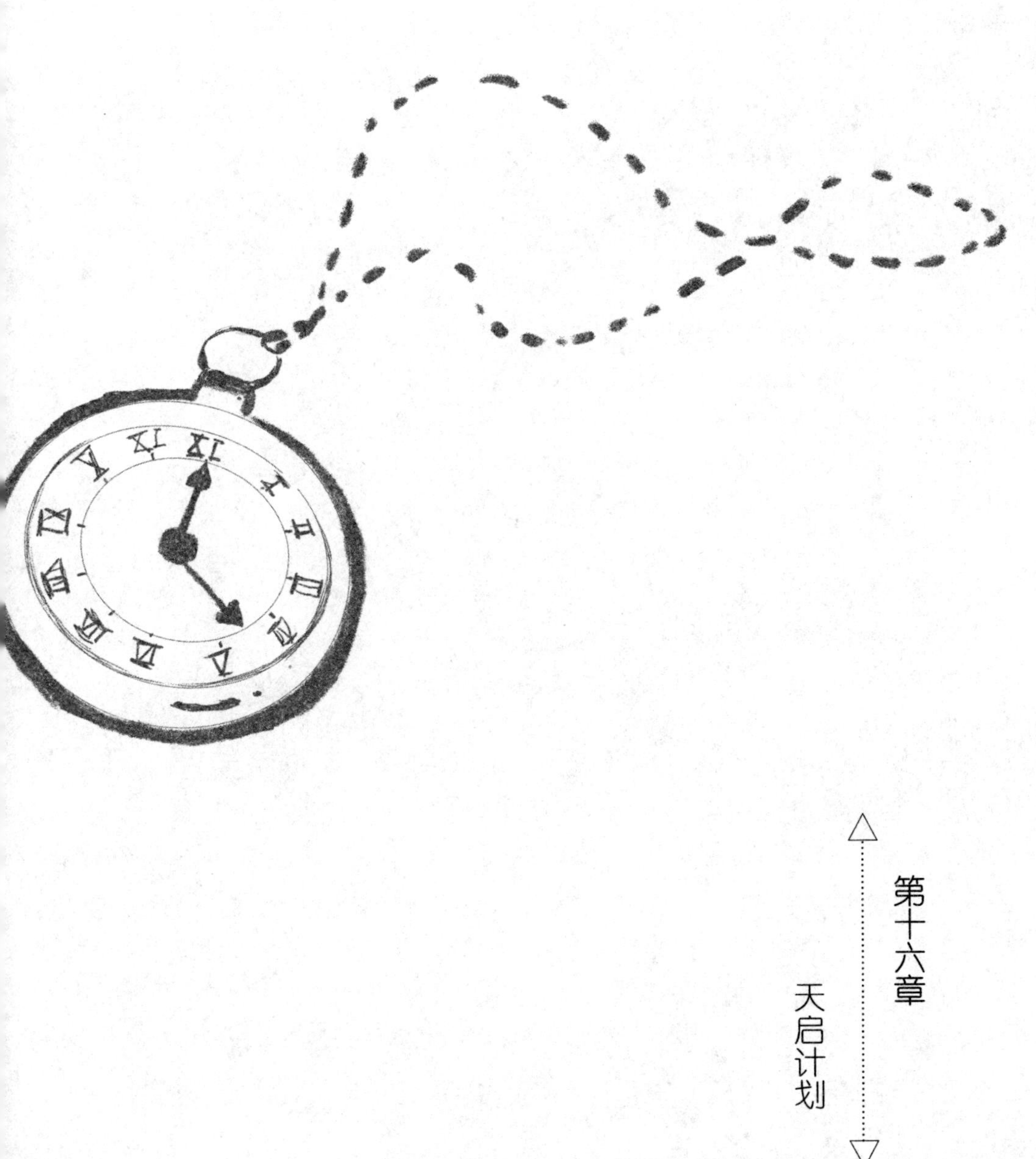

第十六章 天启计划

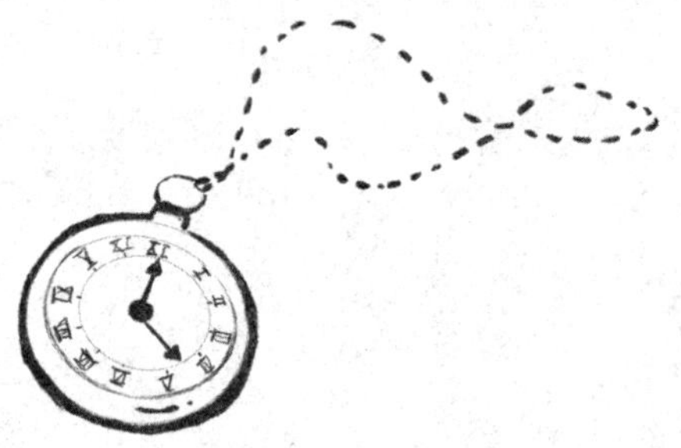

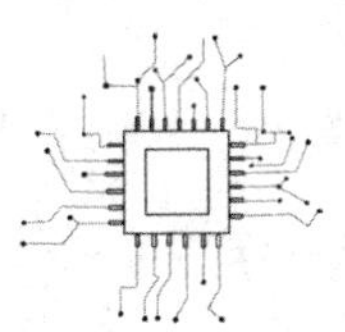

陈愣住了。他回过神，缓缓地站起来，不可思议地看着沈："你说什么？"

沈回复道："天启计划可以启动了。"他将一份资料传到了陈的脑海里。

陈呆呆地站在原地，好一会儿，他用颤抖的手指对着林思佑："你可以不用进去了，因……因为，天启计划是让整个人类完成维度迁移的工程。"

林思佑有点蒙，问："维度迁移？"

陈还没缓过来，机械地回答道："维度迁移，是让人类活下去的下下策。它是将整个三维宇宙打入四维宇宙，这个过程中人体会遭受到非人的疼痛，超越 13 级的疼痛，而且风险极高，一旦人体没能承受住疼痛则会爆体身亡。而等人类全部到了四维宇宙之后，就可以再根据情况，研究三维宇宙的时间。因为我们研究过，四维宇宙的时间是三维宇宙的立方倍，所以，时间肯定够了，但就是不知道这个过程会不会出岔子。”

林思佑断断续续地听懂了个大概，他的震惊不亚于陈。因为这个提案真的，太反人类了，风险极高，一旦操作不当，正式实施的那一天就是人类灭亡的纪念日。

“那具体应该怎么操作呢？”

陈慢慢坐下，深吸了口气：“你不是完成了对量子宇宙的研究吗？现在，我们已经认定物子是最小的粒子，再没有更小的了，随后我们在观察物子的时候也发现了一个有趣的现象——有些物子会时不时地突然消失不见。我们给部分物子打上标记，发现消失不见的物子会随机出现在任何时间的任何地点，这个引起了我们的兴趣，再后来的研究我们发现了物子移动的去向——四维宇宙。四维宇宙包裹着三维宇宙，黑洞可能就是将物子从三维空间吸入四维空间。这也是宇宙膜理论的一个拓展了，于是就有人提出要通过打碎宇宙膜的方式让整个人类进入四维空间，没想到他妈的……居然真的通过了。”

林思佑愣愣地看着陈，他开始有点怀疑这个世界的真实性了。

我是不是其实真的被手榴弹炸死了？他如是想着。

这个世界真的，太疯狂了。

林思佑问："所以，要怎么打碎宇宙膜？"

陈回答道："创造出无数个黑洞相生相吸，用平衡引力的方式维持人的存活……疯了，真的都疯了。"

林思佑瘫软在了椅子上，陈坐在了地上。

"这个世界太疯狂了。"林思佑喃喃道。

沈不引人注目地撇了撇嘴，对陈说："理事会那边需要你去一趟，讨论计划的操作步骤。"

⧖

陈靠向椅背，看着林思佑沉默了一会儿，摆动手指："你怎么看？"

林思佑看着桌子，揉了揉太阳穴："我们需要做好两手准备。因为这个计划实际上是在没有任何办法之后的下下策。你可不可以尽可能地推迟那什么天启计划，我需要回到果核里，起码我得知道是否真的有那个材料。"

陈迟疑了。他对林思佑说："你真的想好了吗？你如果回去的话，真的有可能就回不来了，二次进入果核对大脑的影响是致命的。”

林思佑看着陈，手指轻动：“反正我也没什么可以失去了的，对吗？”这条讯息他没让沈看到。

陈闭上眼睛，对林思佑说：“不，至少现在她还爱着你。”

“可她也确实背叛过我，对吧？”林思佑看向窗外，那里有一棵金灿灿的参天大树，“抹去记忆是她的决定还是我的决定？”

“不，这也不是她能改变的。抹去记忆是你自己的决定。”陈说。

沈全程不知道他们在说什么，但看到他们两个阴沉的面庞，识趣地走了出去。

林思佑点点头，起身说道：“好了，你安排一下，让我重回果核吧。”

“等一下！”陈有些急躁地起身，说，“还有一个办法，你其实可以完全不用回到果核里，你只需要帮助我们打破宇宙膜就行了。”

林思佑看向陈，说：“宇宙膜，想要打破它起码需要在人类生活的区域周围与中间放置创造黑洞的东西，而且时间与空间必须计算得刚刚好，这样才能保证所有人类所受的压力不至于过大，但是总的压力突然增强了不止几十亿倍，任何人类都没办法承受住吧？所以你觉得这个计划真的有可能实现？动动脑子。”

陈说：“你忘了芯片吗？”

⧖

林思佑有些疑惑地看向陈，突然他眼睛放光：“你的意思是，让芯片从生理层面上控制人类，让人类无法感觉到不适，这样只要身体不被撕碎，大脑承受的压力就会减小并得以保存。这样的话，只要能算好时间点，我们就能完成对人类的转移！”

陈笑了，轻轻点了点头，说：“就是这样，而计算黑洞这件事，我们还需要你。”

“为什么？”林思佑感到有些奇怪。

“因为其实，创造黑洞的这个方法本身就是从你的果核世界研究出来的，所以最熟悉的人应该是你，因为这个是刻在你潜意识里的东西。你应该搜集过黑洞的相关资料吧？在果核里面。你应该知道怎么正确计算黑洞的引力与摆放位置，所以这个问题，靠你来解决了。”

林思佑点头，他们两个对视一下，很快林思佑脑海里多了一份资料。

通 告

人类距离时间耗尽仅仅剩下十年，百年来我们做过许多的尝试与努力，均以失败告终，而两年前研究员林思佑成功从果核里出来，给我们带来了一个崭新的方向：量子领域与黑洞领域。

为了生存与希望，查理·琼斯提出了史上最大胆的计划：将全部载人星球通过黑洞转移至四维空间。计划分为三步。

首先，我们成立“天启计划”项目组，将时间危机告诉全体人类，所有人必须共渡难关。然后为黑洞进行引力评估与定位，评估完成之时执行第二阶段计划。

在第二阶段，全世界团结一心，倾尽全力为黑洞生成器提供资源。黑洞生成器就位后，人类全员芯片进行更迭换代，加入政府可以控制芯片宿主的生理层面这一功能，并保证绝不用于除“天启计划”外的一切行动。一切就绪后，执行第三阶段计划。

第三阶段，所有黑洞生成器开启，所有人类芯片同时开启，所有黑洞彼此相吸，结缔成巨型黑洞。所有载人星球通过巨型黑洞，进入四维宇宙，完成人类迁移。

我们没有更多时间去评估任务的难度与挑战性，时间危机迫在眉睫，我们真的真的不能再拖了。

现在，我请求全世界所有人，放下一切成见，齐心协力去共渡这个难关。

因为我，因为人类，绝不会向宿命低头。

——罗伯特·德尼罗

林思佑看完通告，轻轻点了下头。陈起身，将手伸了出来，两人的手紧紧地握在了一起。

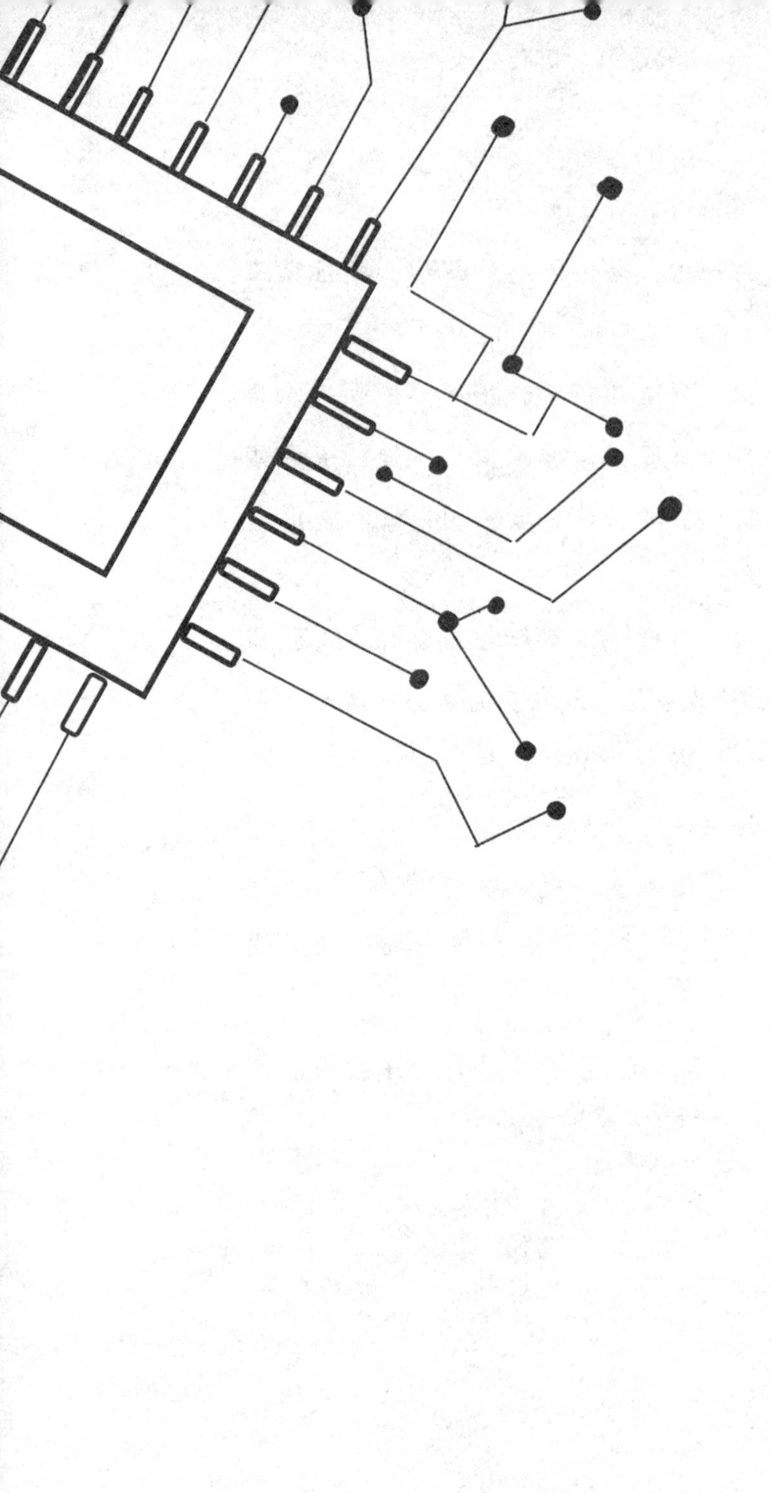

第十七章 计划实施

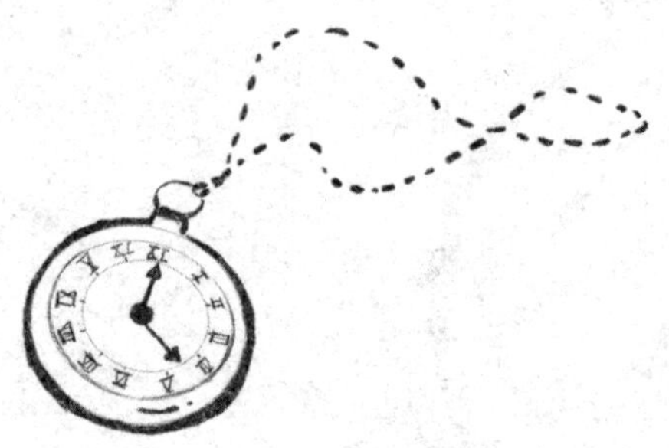

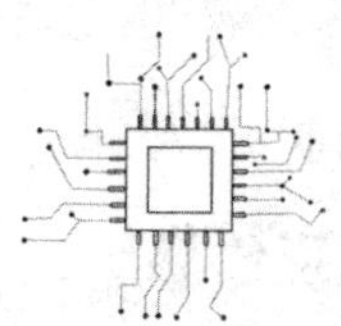

第一阶段，和预料中的一样，执行得并不是很顺利。

人们听到这个消息的时候先是沉默，很快网络上就爆炸了。“这么重要的事情为什么一直没有告诉我们？”“你们究竟还有多少事情瞒着我们！”

这件事情是一个导火索，每个接入网络的星球上的人在这一刻就如同雨后春笋般冒了出来，虽然是意料之中的情况，但其严重程度与波及面之广大大超出了政府的想象。

与此同时，黑洞的落点又出现了问题。

林思佑带着团队不断地计算，却始终有一个扎眼的点破坏掉了平衡，理想中本来应该很完美的计划，却在这里出了纰漏。

外围反对声浪滔天，内部也出现了不同的声音，渐渐地，有些人开始质疑这次毫无保留的计划是否有意义。

在伊甸园计划里，部分人的果核世界里的研究结果是，人类根本无法跃迁至更高维度，三维物体会与四维物体冲突，导致人类根本无法承受住如此强大的压力。而这个观点目前已经逐渐扩散开来。

“林思佑。”林思佑感觉到有人叫自己。他抬起头，陈不知道什么时候来到了他的办公室里。

“怎么了？”林思佑问。

“研究进行得怎么样了？”陈坐在林思佑的桌子对面，问道。

“就那样吧，黑洞的问题还是有瓶颈。”林思佑回答道。

“嗯。你知不知道现在外面的传言？”陈继续问。

林思佑轻轻叹了口气说：“关于人类无法跃迁至更高维度的说法，是吧？”

“嗯，你怎么看？”陈盯着林思佑的脸，问道。

“肯定没问题，人类肯定可以跃迁至更高维度。这就好像一个三维的箱子里可以包含一张二维的纸一样。”林思佑沉声回答道。

“那个理论认为，人类所能观测到的二维都是基于三维的世界所创造的，这根本不足以支撑二维物质在三维世界不会崩溃的论点。你怎么看？”陈看着林思佑，缓缓问道。

林思佑“啧”了一声，说：“黑洞会把我们的世界的东西吸过去，这是没问题的吧？而在黑洞的边缘会变成初始状态，这也没问题吧？这个结论最后经过你们那些科学院的专家计算，也证实了。四维空间全是时间啊，时间！这是我们得以存活的载体！我们过去不仅不会崩溃掉还能更好地存活下去。好了吗？没其他的事情就请你出去，我现在需要的是黑洞的建模与引力分析而不是什么质问。”

陈皱眉，扶着额头问道：“你也知道我们这个项目现在争议很大，我们真的没那么多时间去慢慢地弄这个，无论内部还是外部的问题都很大，核心里也出现意见不统一。现在能给你们营造一个封闭不受打扰的环境已经是极限了，我不认为我们还能拖多久。”

林思佑小声骂了一声，回答道：“给我两周时间。两周之后，我可以上交一份完整的有关天启计划第二阶段完成的黑洞报告。”

陈点了点头，转身离开了。

一周后。

“成功了吗？”林思佑搅着一杯咖啡看向助手乔斯雯的电脑，那里保留的是最新的建模数据。

“不，完全不行。不论是将黑洞间距拉开，还是改变黑洞大小，引力依然会失衡。”乔斯雯摇头，揉了揉困倦的眼睛，她眼睑下方是一大片青黑。

“再往 R73 区域增加一个黑洞，那片区域其他黑洞位置往外靠靠，你再试试其他时间点。”林思佑喝了一口咖啡，指挥道。

“明白。”乔斯雯的手指在电脑上动了起来。林思佑打着哈欠从芯片里调出了记录自己身体数据的面板。

“还能再熬会儿。”林思佑喃喃道。

“主任，你去休息吧，你这六天就睡了三个小时，命也不是这么熬的啊。”乔斯雯身边坐着的那个男的对林思佑说道。

林思佑摇了摇头，没有说话，往前走去，身前的面板上已经变成了黑洞引力分析图。

突然，他身体一僵，而后跑到乔斯雯身边，说道："等会儿，你刚说什么？"

"啊？"乔斯雯知道他们的领导有时候会突然用嘴爆出一句话，已经见怪不怪了。

"你刚刚是不是说将黑洞间距拉开或者改变黑洞大小，引力都会失衡？"

"是，是的。怎么了？"乔斯雯有点糊涂了。

"我们有没有尝试过对黑洞的密度进行编辑？"林思佑问道。

"黑洞的密度，可以编辑？"乔斯雯有些摸不着头脑。

林思佑点头说："当黑洞周围没有吞噬物的时候，理论上他的体积会逐渐变小直到消失，而这段时间黑洞变的不只有引力与体积，也有密度。"

他左手握拳，拨通了一个号码。

"罗德，我需要你观察黑洞在收缩时的密度变化，创建好模型后发给我。"林思佑说道。

罗德·坎贝尔没明白："啊？黑洞有密度吗？"

林思佑吸了口气，他觉得自己的心脏在隐隐作痛："有。黑洞的收缩不只是体积的变小，本质上也是它一种形式的蒸发，这样会导致它本身的密度下降，密度下降的曲率和单纯创造的小黑洞是不一样的。我需要你给我一个完整的模型，这只是猜想，我需要一份完整的正确的报告。”

“明白。”罗德说完，林思佑挂断通信器，揉了揉太阳穴，松了口气，看向乔斯雯，“你继续验证 R73 区域加个黑洞能否成立，等罗德的结果出来后再说。现在，我可能得去睡会儿。”

林思佑揉着太阳穴，慢慢地往宿舍走去。经过大门的时候，一颗石子砸到了他正揉着太阳穴的手上。他吃疼，有些愤怒地转头看向大门，那里站着的是一个小孩。那个小孩指着林思佑破口骂道：“不要妄想控制我们！恶魔！”

林思佑叹了口气，转头继续向宿舍走去，能通过这一层安检的只能是内部工作人员的亲属。

在他身后，守着大门的机器警卫钳住小孩的四肢，等待那个孩子的是什么，林思佑已经懒得去想了。

林思佑回到宿舍后很快就闭上了眼睛。感觉过了一会儿，他就被大脑里的铃声吵醒了。他捂着有些疼痛的头接通了通信器。

“没错！根据观察，它的密度确实有改变，之前我们居然一直没有发现这个！我马上将创建好的模型发给你。”那边，罗德这样说道，从中间的些许颤动来判断，他非常激动。

“你直接发给乔斯雯，让她根据这个重新构建整个黑洞矩阵。”林思佑说完就挂断了，闭眼前他看了下时间，已经过去了四个小时。

⧖

“密度高的黑洞会往密度低的黑洞方向流动，密度掐算得刚刚好的话，我们可以做到让引力刚好均衡并且完美地互相吞噬！”乔斯雯这么跟林思佑解释道，脸上的兴奋之情是怎么也掩饰不住的。林思佑松了口气，他刚刚睡了十八个小时，虽然大脑还有点混沌，但也能明白一件事。

他们成功了。

林思佑转身，拨通了陈的号码。

“可以开始执行第二阶段了。”

第二阶段。

搭建黑洞生成器。

这是一场对该宇宙进行的外科手术，容不得半点差错，也正因为这个，所有的资源全部倾斜在了建造空间站上，虽然人类定居的星球分布在五百万光年的范围中，但是绝大多数还是人造居住区，所能用来建造的资源极少，所以有的星球了节省开支将房子建造在树上，也成了一种文化与风俗。相应的，建造如此多空间站所消耗的财力物力也迫使人类停止一切对外的科研行动来获得资源。

当第二阶段的黑洞受力图完成的那一刻，研究中心顶端的信号塔以一阵强有力的信号将这张图公布了出去，所有接收到的人都感觉自己被一个锤子重重地锤了一下，接着，这张图就出现在了他们的芯片里，同时他们还收到了一句话。

“我们从来都不会做任何不利于人类的事情。”

那是一幅很奇妙的画面，持反对意见的人们本来在游行，突然最前面的人停下了，接着是第二排、第三排……所有收到信息的游行者都停住了脚步，愣愣地朝着中心的方向看去。信号以圆形扩散开来，它抵达人类居住区的所有位置，告诉世人，这是政府的决心，这是为了拯救所有人而做出的一场赌博式的努力。

至于之后的事情，就变得简单起来。游行者们很快便乖乖地排好队有序地完成了对芯片的更替。确实有极少数的反社会分子会做一些不利于第二阶段的事情，比如轰炸芯片医院的站点等，但都会被平民与军队的自发行为所阻截。那一刻，人类真正意识到了命运共同体的含义，没有任何人能独善其身。

⧖

五年过去了，第二阶段顺利完成。

第三阶段。

林思佑看着天空，距离第三阶段的开始还有四十八小时。他有点紧张地搓着手，努力让自己的心情平复下来，但心中的不安总是挥之不去。

“老公……”身后熟悉的讯息传递过来，他回过头去，看到了唐婉。

“马上就要结束了，你不去睡会儿吗？”他说道。

“不用了，你去休息一下吧，最近你太辛苦了……”唐婉轻轻地把讯息发送过去。林思佑看着自己眼前的这个女人，深深地叹了口气。可能在这件事情上，自己确实对她太不公平了。

林思佑轻轻地将唐婉拉到了怀中。唐婉愣住了，在林思佑怀里不敢动弹。

林思佑手指微动，将讯息温柔地传进唐婉的脑海里，“别以为我这就原谅你了。我只是觉得现在我们时间不多，刚好可以来一个很长的拥抱而已。”林思佑闭上眼睛，感受着好久没感受过的温暖和宁静。

他注意到自己的衣服湿了。唐婉身体在轻轻颤抖着。

“对不起。”她手指颤抖着，“对不起。对不起。对不起……”

林思佑叹了口气，闭上眼睛。

…………

距离开始还有二十四小时。

林思佑又去确认了一遍各个单位的运作，一切正常。可是，他脑海里总有一个声音，让他感到不安，总觉得计划里似乎出现了什么纰漏，但又说不上来是什么。

“人类芯片一组，正常。”

“人类芯片二组，正常。”

“人类芯片三组，正常。”

“黑洞生成一组，正常。”

“黑洞生成二组，正常。”

“一切准备工作正常，程序无错误，距离开始还有二十小时，B72 黑洞已开启，S365 黑洞已开启，G9512 黑洞已开启……”

一切都在有条不紊地进行着，这应该是一个完美的计划。

林思佑看向天空，群星正在归位，等它们全部都移动到指定位置的时候，黑洞就会全部运转，护送人类到达四维空间。

究竟是哪儿有错……林思佑摆摆手，试图把这个声音赶走。

“人类芯片一组全体已沉睡，人类芯片二组全体已沉睡，人类芯片三组全体已沉睡，距离‘天启’开始还有一个小时，请全体工作人员尽快沉睡。重复一遍，请全体工作人员尽快沉睡。”

林思佑坐在总监控室里，量子通信技术已经可以达到对无限远的距离让画面瞬间抵达，这也得归功于林思佑的果核世界。

总监控室里只有他一个人了。所有人都给自己挑了一个舒服的位置进入沉睡。林思佑却被自己心底那一丝的不安笼罩着，不敢进入沉睡。

“没事儿的。”他安慰自己说。

就在这时，他突然看到一个监控画面里多了一道光。

林思佑看过去，瞳孔收缩，冷汗瞬间就浸湿了他的全身。

那是颗从人类定居区外飞进来的小彗星。

人类将所有的资源投入到了内部的建设，从来没有想过危险会从外面进来。

一颗小彗星的引力，可能足以捣毁整个“手术”，让这场“手术”，变成一场浩大的屠杀。

“不！”林思佑连忙操纵着控制台，试图停下这场“手术”。还有三分钟开始时，控制台上出现了一个窗口。

“是否要停止‘天启计划’？是或否。”

他迟疑了。

这次行动准备得实在太久太久了。他完全不想让这颗小彗星捣毁这么多人的心血，而且这种机会非常难得，一旦错过，可能整个人类文明都会因为失去时间而灭亡。

也许，这颗小彗星并不会造成多严重的影响？也许，它反而会让引力达到更大限度的均衡，让更多的人得以存活下来？

林思佑看着选择界面，犹豫了。他闭上眼睛，也许这样人类文明一旦灭亡，就不是他的问题了。

他当时在果核里好像也是这种情况。

他当时闭上眼睛，不想看到唐婉被抓走，是因为害怕看到唐婉被抓走自己却什么都没做。

他当时想的是，也许什么都不会发生呢。

他猛地睁开眼睛，按下了“是”。

已经运转了一半的黑洞生成器的嗡鸣声小了下来，真空膜、引力子的溶解准备也逐渐停了下来。

所有人类依次醒来，他们看着四周，寻找着四维空间看起来不一样的地方。

只有林思佑，整个人倒在地上，呆呆地看着监控里渐渐动起来的人们。

第十八章 入狱

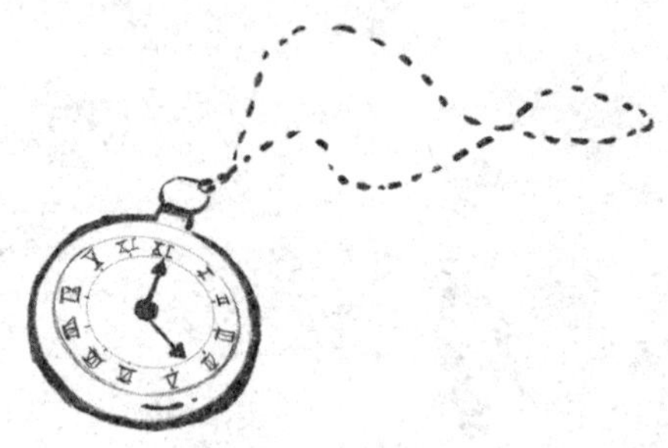

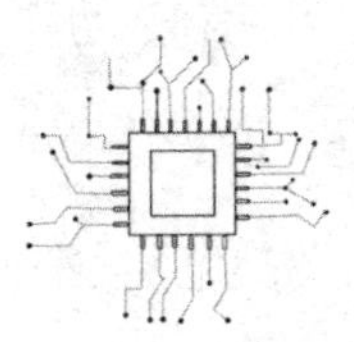

他被关进了监狱。

在法庭上，他神情呆滞而茫然，任由法院作出流放太空的判决，一句话也没有说。

人们从希望到绝望的心理落差实在太大了。经过实际的演算证明，这颗彗星的质量并不会对这场转移造成多大的影响。

所有人都满怀希冀陷入了沉睡，醒来的时候却发现仅仅过了一小会儿，什么都没发生，时间依然紧缺，末日依然存在。

…………

“喂，21 号，外面有人找你。”林思佑抬起头，偌大的监狱里只有他一个人，他的眼窝深陷，眼神里带着一种冷静，或者说麻木。

他任由警卫推着自己走向接待室。

是陈。

林思佑坐下，说：“什么事。”

陈皱了下眉，他手指轻动：“你想戴罪立功么？”

林思佑叹了口气，说：“我？算了吧，我真的很累了，如果没其他事的话，你就请回吧，你的事估计没有我也能做。”

“不，只有你能做到。我们需要你再次进入你的果核世界，帮我们找到能够进入黑洞的材料是什么。”陈说。

林思佑回过头来，淡淡地瞟了一眼陈，说：“算了，请回吧，什么叫戴罪立功，本身就是那边的疏忽，我只是一个出头的替罪羊而已。”

“请帮帮我们，这是最后的希望了。”陈看起来有些焦虑。

林思佑叹了口气说：“我现在是罪人，而且我们也都不确定那种材料是不是真实存在的，不是吗？你需要明白，这不是我想逃避，只是我真的太累了。”

“累？”陈苦笑了一下，“谁不累啊！但是我们都还有自己想保护的人，不是吗？”

林思佑看着自己面前的桌子，说：“我不觉得。”

“算我求你，再振作一次好吗？至少，就当为了唐娩？”陈抿着嘴，手指轻轻动着。

林思佑叹了口气，回应道：“她现在过得怎么样？”

“她很好。”陈看着林思佑，点了点头。

“你就是朱鸿章吧，”林思佑看着陈，“不然，你当时也不会让我不要告诉唐娩原因，如果唐娩什么都不知道，我对她的态度突然差起来，你就有机可乘了是么？”

陈看着他，没有再说话。

林思佑低下头，握紧了拳头：“你可真是卑鄙。我答应你。”

ⴵ

两小时后，林思佑又一次躺回了果核内。

“之前这个项目停止后，我们将这里面的很多装置给拆了，现在只能暂时恢复到勉强可以进入果核，但我们无法监视你的情况。一天时间，你看可以吗？”

陈在营养仓外对林思佑说道，他不敢看林思佑。

林思佑点点头，感受着营养液漫过自己的头顶。他闭上了眼睛。

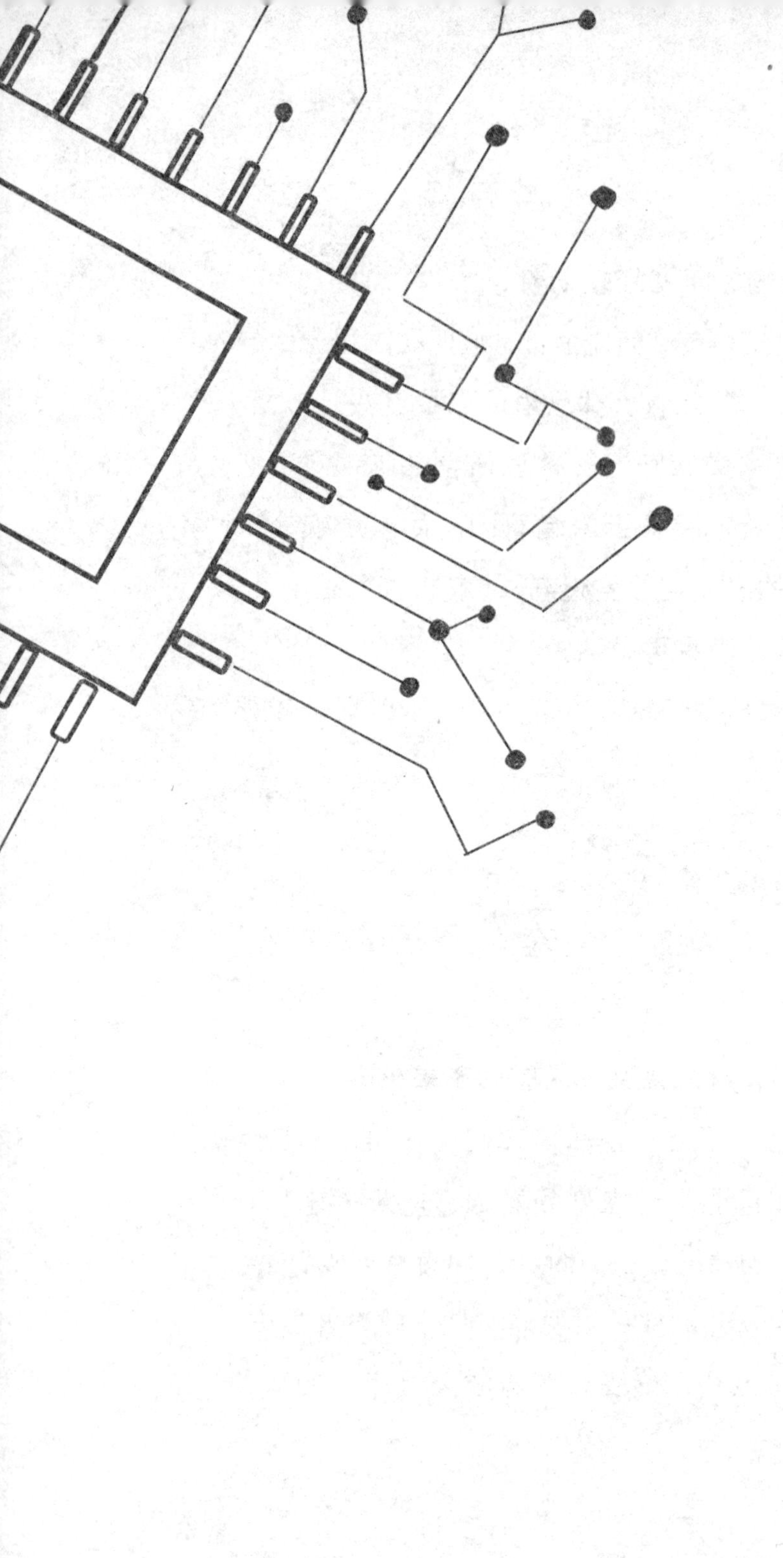

第十九章 回到果核

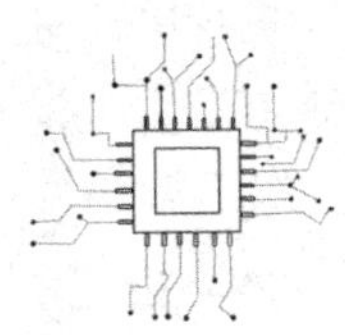

医院里。

简直是奇迹，三个人都没有在手榴弹爆炸后被炸死，虽然肢体都有不同的残缺，但都活了下来。后来政府成功地将他们营救出来，并表示时间危机已经解决了，许天文也已经捉拿归案。

林思佑推着轮椅找到孙鸿风，他本来想找陈铭的，却没找到。

“啊，组长，什么事？”孙鸿风看到林思佑过来，连忙上前把他的轮椅推进屋子。

林思佑环顾了屋子一圈，他还是有些不相信这个世界居然是假的。不过，这个屋子是什么时候在这儿的？

“你能不能帮我找个东西？”林思佑问。

“找什么？我试试看。”孙鸿风问道。

“帮我找到当时那两个人进入黑洞的确切时间。”

“啊？”孙鸿风挠头。

“就是我需要你黑进国家安全监管中心的网站，找到第一次创建黑洞时死去的那两个科学家死亡的具体时间。”林思佑叹了口气。

“这，这不太好吧？”孙鸿风有些不情愿。

林思佑叹了口气：“拜托了，这对我真的很重要。”

201x 年 x 月 x 日。林思佑看着手上的纸条，把它撕碎了随手扔进垃圾桶里。

…………

“嗯，对，我是国家安全监管中心的，这是我的证件，我需要探望许天文。”

“许天文，帮我办个事。”林思佑来到监狱，他把 03 号的信号屏蔽器借了过来，花了一大笔钱。

许天文抬起头看着林思佑，笑了：“你也知道了这个世界是假的了？”林思佑愣了一下。

许天文说：“我在家里已经创造了一个时空机器，在地下室。你去拿那个就行，我的住址档案能在监狱档案里找到。”

林思佑眼前花了一下，再回过神时，许天文已经不见了。

“陈老师大概是有新任务了吧，听我朋友说似乎是在寻找什么材料，挺重要的，据说和时间危机一样重要，据说！据说啊，现在大家都在研究什么可以穿过黑洞的材料。”林绾如开着车，载着林思佑，说道。

林思佑看着窗外，若有所思地点点头。

“好，到了，这儿就是那个许天文的家。”

许天文家很大。当林思佑他们到达的时候，门口已经站着两排仆人，似乎是在等待着他。他们将林思佑的轮椅推进许天文家，带他到了地下室。

地下室里，一个巨大的圆形机器正静静地躺在那里。仆人们替林思佑打开开关，随后退了下去。

林思佑坐进机器里，里面有一个操作说明，他花了好一会儿理解操作原理，调整好各项数值，准备启动的时候，却被手边的一个小按钮吸引了注意。

记忆杂间

他盯着那个按钮，脑海里似乎浮现出一段话：按下它，你就拥有了过去。

他身体顿了一下，随后坚定地按了下去。

并没有什么多余的感觉,除了身上感觉有点痒以外，什么都没有。

林思佑的瞳孔猛地收缩。他看到的，是唐婉和陈在一家酒吧里，唐婉却靠在陈的身上。林思佑的手剧烈颤抖着，他压抑住自己的怒火，快步朝唐婉和陈走去。

“你说，他为什么没有回答我啊？”林思佑愣了愣，这个信号传达者，是唐婉。

“是因为我不够好吗？”唐婉趴在陈的肩膀上，手轻轻地在眼前晃着。

林思佑脑袋里突然好像有什么东西破碎了，记忆在一瞬间涌现，他愣愣地跪在了地上。

他想起来这是哪儿了，这是当时唐婉跟他表白后去的地方。

“不，你很好……你喝醉了。”陈轻轻地动着手指，试探着搂住唐婉的肩膀，“你家离得有点远，我送你去酒店休息吧？”

“好。”唐婉回应道。

那个小巷子里，他被唐婉突如其来的表白弄得措手不及，正好他们班几个同学刚喝完酒路过，看到他们两个，笑道："哟，小两口在这儿干什么呢？还说你们不是对象？没在一起？"当时林思佑被这直白的话打断了思路，下意识地回应道："本来就没在一起！谁说我们在一起了！"当他意识到他说了什么的时候，唐婉推开他，跑了。

唐婉在那之前没喝过酒。唯独这一次她约上了她当时最好的朋友陈，喝到烂醉。

这是唐婉亲口告诉林思佑的。

不知过了多久，林思佑发现自己还在时空机器里。他突然明白了自己之前究竟有多懦弱，甚至懦弱到要试图消除回忆。他继续调整时间机器的参数，点击启动。

依旧没有什么多余的感觉，除了身上感觉有点痒以外什么都没有。

…………

201x 年 x 月 x 日。凌晨 3 点。

林思佑睁开眼，发现自己躺在床上，熟悉的办公台和电脑映入眼帘。他花了好一会儿才明白，量子回溯的结果就是保留自己的意识并回到自己之前的状态。

…………

“你说你认识陈铭？还有两个科学家要死了？”山上，林思佑解释了自己此行的目的。警卫半信半疑地打了个电话，冲着那头说了些什么，过了一会儿，陈铭走了出来。

“林思佑？你怎么在这里？”陈铭皱着眉，有些意外。

“有些事情，我们需要搞清楚。”林思佑深吸口气，缓缓地说。

“你说？”陈铭问。

“告诉我一种物质的材料。”

…………

半年后。

“第349班车已经通过隧道，下一班车将在五分钟后进入隧道。”

林思佑站在总控制室内，发着呆，看着来来往往的人们。

他活了下来。

材料的寻找对林思佑造成了很大的伤害，但并不致死，他醒过来的时候，第一个看到的是唐娩。

当时他环顾整个空间，是在一家医院里。

“我以为你这次进入果核后就再也醒不过来了。”唐娩哭着说，后来林思佑才了解到，二次进入果核的人，他是唯一一个正常活下来的。

其他所有人要么是立马死亡，要么是变成了植物人，再也醒不过来了。

“怎么样？这些都是你的功劳，开不开心？”林思佑转头，陈的手搭上了他的肩膀，看着眼前的监控，又一班车发了出去。

林思佑看着前面，点点头。

“唐娩是乘坐第几班车走的？”林思佑问。

“她啊，她准备跟我们坐同一班车走。”陈回答道。

“这样啊，好。”林思佑没回头。

“你在想什么？感觉你好像有心事。”陈问。

“我就是觉得有点奇怪。”

“哪儿呢？”

“其他人都没醒过来，而我却这样活了下来，并且大脑恢复得也很好，这不奇怪吗？”林思佑看着自己的手说道。

“你的E值也是最高的不是吗？”陈笑着说，“你大可不必担心，这种东西都是有概率的，可能是因为你的E值太高，所以才有这样的结果。”

“可是，为什么我的E值是最高的？”林思佑握了握拳，手上传来的痛感让他感觉有点浮于表面。

“怎么？你到底想说明什么？”陈皱了皱眉，问道。

林思佑看着陈，陈往后退了一步，林思佑说：“你真的觉得这个世界是真实的吗？”

“当然是真实的，你患上失忆症了？给我清醒点！”陈的手在林思佑的面前用力地晃来晃去。

“你这么确定啊？”林思佑笑着问，朝陈走了一步，“难道你真的以为，那个材料是存在的吗？”

“什……什么？你到底在说什么！”陈惊恐地看着林思佑，他连续后退两步，手扶上了身后的围栏。

林思佑笑了，他问：“你怎么能确定这不是你自己的果核世界呢？”

“你想让我怎么确定？嗯？你说啊！”陈冲着林思佑大幅度地挥动着自己的手指，身边的工作人员疑惑地看向他们。

“谁知道呢？要不你自杀试试？”林思佑笑道。